U0147882

新文京開發出版股份有限公司

NEW
WCDP

新世紀·新視野·新文京 ― 精選教科書·考試用書·專業參考書

國語文

總編纂／ 田博元

編著者／ 陳昭昭　藍麗春　張靜環
　　　　陳明德　葉淑麗　黃金榔

大 學 用 書

國家圖書館出版品預行編目資料

國語文/陳昭昭等編著. – 初版. – 新北市：新文京開發，
2018.09
　　面；　公分

　ISBN　978-986-430-444-8（平裝）

　1. 國文科　2. 讀本

836　　　　　　　　　　　　　　　　　107013720

國語文　　　　　　　　　　　　　　　（書號：E436）

總 編 纂	田博元
編 著 者	陳昭昭　藍麗春　張靜環　陳明德　葉淑麗　黃金榔
出 版 者	新文京開發出版股份有限公司
地 　 址	新北市中和區中山路二段 362 號 9 樓
電 　 話	(02) 2244-8188（代表號）
Ｆ Ａ Ｘ	(02) 2244-8189
郵 　 撥	1958730-2
初 　 版	西元 2018 年 09 月 10 日

當前科技網路看似便利快捷無遠弗屆,然而在疾速萬變的世界中,現代人卻抑鬱焦躁不安無所適從,不但容易迷失生命的方向,也輕忽生命的寶貴價值。於是各國政經動盪、社會詐騙暴戾橫生,殘忍凶殺案、家庭悖逆倫理等,時有所聞。造成此等亂象之緣由,乃因當代人文與科技發展失衡所致。若欲改變此一狀況,大學的通識教育肩負重責大任。

嘉南藥理大學(以下簡稱「本校」)的通識教育,自是責無旁貸、任重道遠。爰此,彙整當前大學生常見問題,由本校教師編撰《國語文》(以下簡稱「本書」),以思索解決之道。本書以人文思想為核心,主要特色兼具古代與現代詩文,尤其側重近現代作品選讀。選文活潑生動、淺顯易讀,著重與生活結合,實用性高。透過本書開啟閱讀興趣,訓練精準的語文表達能力,落實人文素養,實踐文本智慧,培養涵養品格,確立人生的價值與目標。

目前一般大學生所面臨的問題,諸如身心情緒不穩定,不易與人建立互信的人際關係,課業繁重壓力大,無法確定人生方向,感情經營困擾重重,家庭複雜支援短絀等。針對以上問題,本書規劃五大單元,主要包括:「自我探索」、「進德修業」、「生活適應」、「有情人生」、「家庭倫理」等。以因應時代變遷所衍生的問題,思考如何突破困境難關,及奮力開闢人生可能的路徑,活出生命的尊嚴。

每一單元凡計五則選文，體例與主要內容大致如下：「導言」綜述單元選文主題、宗旨，其次以每則文本為主，依序為「作者」介紹，再列「本文」（含注釋），接著「賞析」，就文本內容加以深入淺出的欣賞與評析。另在「問題與討論」中，提供選文相關議題，以進行團體腦力激盪與共同討論，彼此尋求不同面向的觀點與解答。最末，「延伸閱讀」則增列單元相關主題的數篇篇目，以提升閱讀的層次和視野。

　　孟子曾讚嘆：「孔子，聖之時者也」（《孟子・萬章下》），本書效法孔子因時制宜、有教無類、因材施教的精神，從認識探索自我出發，透過德業精進與修治專業技能，強化適應能力並確立生命方向。以理性和智慧面對有情人生，在家庭中建立倫常以安定生命。當代人文教育在傳統基磐上，延續開發創新風貌，期能與科技教育趨於平衡發展，齊步邁向「全人教育」的終極目標。

田博元名譽講座教授、陳昭昭副教授兼所長
序於嘉南藥理大學儒學研究所

目 錄

第一單元　自我探索／陳昭昭　編著

第一篇　聶隱娘　　　　　　　　裴鉶 ………………………… 3

第二篇　蝜蝂傳　　　　　　　　柳宗元 ……………………… 13

第三篇　四個相命師　　　　　　吳念真 ……………………… 19

第四篇　天使小孩　　　　　　　嚴長壽 ……………………… 27

第五篇　唐詩選

　　　　一、終南山　　　　　　王維 ………………………… 36

　　　　二、終南別業　　　　　王維 ………………………… 37

第二單元　進德修業／藍麗春　編著

第一篇　大風歌與垓下歌　　　　劉邦；項羽 ……………… 45

第二篇　讀山海經十三首之一　　陶淵明 …………………… 51

第三篇　白鹿洞書院學規　　　　朱熹 ……………………… 55

第四篇　閱讀使你爬上巨人的肩膀　洪蘭 ………………… 61

第五篇　菱形人生　　　　　　　隱地 ……………………… 75

第三單元　生活適應／張靜環、陳明德　編著

第一篇　窗　　　　　　　　　　亮軒 ……………………… 89

第二篇　圬者王承福傳　　　　　韓愈 ……………………… 101

第三篇　幽夢影選　　　　　　　張潮 ……………………… 109

第四篇　莊子選：材與不材之間　莊周 …………………… 113

第五篇　秋雨落在陌生的平原上　楊牧 …………………… 119

第四單元　有情人生／葉淑麗　編著

第一篇　傷春詞選

　　　　一、天仙子　　　　　　張先 ⋯⋯⋯⋯⋯⋯ 135

　　　　二、浣溪沙　　　　　　晏殊 ⋯⋯⋯⋯⋯⋯ 136

第二篇　超然臺記　　　　　　蘇軾 ⋯⋯⋯⋯⋯⋯ 141

第三篇　徐文長傳　　　　　　袁宏道 ⋯⋯⋯⋯⋯ 147

第四篇　忘情　　　　　　　　鹿橋 ⋯⋯⋯⋯⋯⋯ 155

第五篇　讓愛你的人更有尊嚴　彭蕙仙 ⋯⋯⋯⋯⋯ 169

第五單元　家庭倫理／黃金榔　編著

第一篇　詩經選：愛情詠嘆　　先秦詩人

　　　　一、周南・關雎　　　　 ⋯⋯⋯⋯⋯⋯ 181

　　　　二、周南・桃夭　　　　 ⋯⋯⋯⋯⋯⋯ 182

　　　　三、邶風・擊鼓　　　　 ⋯⋯⋯⋯⋯⋯ 183

第二篇　孟子節選　　　　　　孟子

　　　　一、匡章之不孝　　　　 ⋯⋯⋯⋯⋯⋯ 190

　　　　二、舜樂而忘天下　　　 ⋯⋯⋯⋯⋯⋯ 191

　　　　三、舜不告而娶　　　　 ⋯⋯⋯⋯⋯⋯ 191

第三篇　母親的書　　　　　　琦君 ⋯⋯⋯⋯⋯⋯ 195

第四篇　沙漠中的飯店　　　　三毛 ⋯⋯⋯⋯⋯⋯ 205

第五篇　陪你一起找羅馬　　　廖玉蕙 ⋯⋯⋯⋯⋯ 217

第一單元　自我探索

聶隱娘／裴鉶 3

蝜蝂傳／柳宗元 13

四個相命師／吳念真 19

天使小孩／嚴長壽 27

唐詩選

　　一、終南山／王維 36

　　二、終南別業／王維 37

導　言

　　本單元「自我探索」以認識自我、開發潛能，和健全獨立人格、規劃事業與志業，及最終生命之安頓為探討主題。人不知從何而來，亦不知何方而去，誠實檢視內在自我，瞭解並開發自我專長潛能，建立身心健全之獨立人格，規劃事業與志業之藍圖，最終落實安頓身心，可使我們清楚生命的方向與目標。尤其生命之旅充滿凶險考驗，天賦潛能不可任其頹廢荒蕪。若能勇於突圍困厄，盡其發揮所長開發自我，明確衡量取捨與得失，及早找到安頓身心之道，才能翻轉命運，生命才不至於盲目迷網。特別是在規劃事業、志業生涯時，若能實踐自利利他精神，心靈深處因而恆久富足美好，必能踏實的活出生命的意義與價值。

　　依此主題，本單元選錄下列篇章：晚唐裴鉶〈聶隱娘〉，透過聶隱娘突破童年被綁票的幽暗記憶，在濁世中以獨特專業技能昂然闊步重生，開創有為有守、進退有據的卓然獨立人生；柳宗元〈蝜蝂傳〉，砭勉世人面對社會的貪婪亂象，凡事「以戒為師」，才能於亂世中安然自適；吳念真〈四個相命師〉，提出人們在生命的低潮，若向相命師尋求指點迷津，或可暫獲心理療效。但唯有腳踏實地認真努力，才能改變命運，做生命的主人；嚴長壽〈天使小孩〉則激勵在磨難中的人，能安然活著就是超越自我，學習在事業與志業中，皆能「做自己與別人生命中的天使」，人生方能樂活闊達；唐詩選〈終南山〉、〈終南別業〉，揭示掌握活在當下之契機，體認緣起性空之真義，生命之奧妙總在規劃之外，最終回歸與自然合一、物我兩忘，這是成就自我的究竟之境。

聶隱娘
裴鉶

作者

　　裴鉶，晚唐文學家，生卒年、籍貫、出生地等不詳。唐懿宗（西元833～873年）時，任職靜海軍（今越南北部）節度使高駢（西元821～887年）從事。「從事」，又稱「從事掾」或「從事員」，相當於今之秘書一職，當時裴鉶擔任高駢的幕僚秘書。唐僖宗乾符五年（878年），以御史大夫（專掌監察、執法）為成都（今四川成都）節度副使。

　　《新唐書‧藝文志》記載裴鉶著有《傳奇》三卷，原書久佚，目前僅存《太平廣記》所錄〈裴航〉（卷五十，神仙類）、〈崑崙奴〉（卷第一百九十四，豪俠二）、〈聶隱娘〉（同前）、〈孫恪〉（卷第四百四十五，畜獸十二）等傳於今。另著有《安定集》、《詠史詩》等。

　　唐代小說之所以稱為「傳奇」，即是從裴鉶《傳奇》（又名《裴鉶傳奇》）一書命名。元、明、清的戲劇、話本、小說等，不少取才自裴鉶《傳奇》，例如後人改編自《傳奇》中的〈裴航〉者，包括：宋人雜劇〈裴航相遇樂〉、元代庚天錫雜劇〈裴航遇雲英〉、明代龍膺〈藍橋記〉、楊之炯〈玉杵記〉等。

　　裴鉶《傳奇》中的〈崑崙奴〉、〈聶隱娘〉等，被視為武俠小說之濫觴。當代根據〈聶隱娘〉改編劇本，由侯孝賢執導的古裝武俠電影《刺客聶隱娘》，於2015年第68屆法國坎城影展入圍金棕櫚獎，侯孝賢則因該片榮獲

導演獎。同年，《刺客聶隱娘》在第52屆金馬獎拿下最佳劇情片，2016年第35屆香港電影金像獎，則摘下最佳兩岸華語電影獎。由此可見，裴鉶《傳奇》對後代戲劇、小說文學創作與電影產業等影響甚鉅。

本文

　　聶隱娘者，唐貞元[1]中魏博[2]大將聶鋒之女也。方十歲，有尼乞食于鋒舍，見隱娘，悅之，乃云：「問押衙[3]乞取此女教。」鋒大怒，叱尼。尼曰：「任押衙鐵櫃中盛，亦須偷去矣。」及夜，果失隱娘所向。鋒大驚駭，令人搜尋，曾無影響[4]。父母每思之，相對涕泣而已。

　　後五年，尼送隱娘歸，告鋒曰：「教已成矣，可自領取。」尼欻[5]亦不見。一家悲喜，問其所習。曰：「初但讀經念咒，餘無他也。」鋒不信，懇詰[6]。隱娘曰：「真說又恐不信，如何？」鋒曰：「但真說之。」

1　貞元：唐德宗（西元742~805年）的年號，貞元年號共計21年（785~805年）。
2　魏博：「魏博」一詞原為「魏博節度使」簡稱，治所在魏州（今河北省邯鄲市大名縣東北）。所在地處河北南部，西依太行山，東南傍黃河。
3　押衙：古人對官吏的尊稱。
4　影響：蹤影和訊息。
5　欻：音ㄏㄨ，快速，忽然、突然之意。
6　懇詰：懇切詢問。詰，音ㄐㄧㄝˊ，詢問。

日：「隱娘初被尼挈[7]去，不知行幾里。及明，至大石穴中，嵌空[8]數十步，寂無居人，猿狖[9]極多。尼先已有二女，亦各十歲。皆聰明婉麗，不食，能于峭壁上飛走，若捷猱[10]登木，無有蹶失[11]。尼與我藥一粒，兼令長執寶劍一口，長一二尺許，鋒利，吹毛令剸[12]。遂令二女教某攀緣[13]，漸覺身輕如風。一年後，刺猿狖，百無一失。後刺虎豹，皆決其首而歸。三年後，能使刺鷹隼[14]，無不中。劍之刃漸減五寸，飛禽遇之，不知其來也。至四年，留二女守穴，挈我于都市，不知何處也。指其人者，一一數其過[15]，曰：『為我刺其首來，無使知覺。定其膽，若飛鳥之容易也。』授以羊角匕首，刃廣三寸，遂白日刺其人于都市

7　挈：音ㄑㄧㄝˋ，帶、領、提。

8　嵌空：嵌，音ㄑㄧㄢ，石穴空隙處。

9　狖：音ㄧㄡˋ，黑色的長尾猴。

10　猱：音ㄋㄠˊ，猿屬。體矮小，尾金色，臂長柔軟，善攀緣而輕捷，上下如飛。楚人稱為「沐猴」。

11　蹶失：跌倒失誤。

12　剸：音ㄊㄨㄢˊ，割斷。

13　攀緣：攀拉援引他物而上。

14　鷹隼：音ㄧㄥ ㄓㄨㄣˇ，又音ㄧㄥ ㄙㄨㄣˇ，鳥類的一科。翅膀窄而尖，上嘴呈鉤曲狀，背青黑色，尾尖白色，腹部黃色。馴養後可幫助打獵。亦稱「鶻」（音ㄍㄨˇˋ ㄏㄨˊ）。

15　過：罪過。

中，人莫能見。以首入囊[16]，返主人舍，以藥化之為水。

　　五年，又曰：『某大僚[17]有罪，無故害人若干，夜可入其室，決其首來。』又攜匕首入室，度其門隙無有障礙，伏之梁[18]上。至暝時，持得其首而歸。尼大怒，曰：『何太晚如是？』某云：『見前人戲弄一兒可愛，未忍便下手。』尼叱曰：『已後遇此輩，必先斷其所愛，然後決之。』某拜謝。尼曰：『吾為汝開腦後藏匕首，而無所傷，用即抽之。』曰：『汝術已成，可歸家。』遂送還。云後二十年，方可一見。」

　　鋒聞語，甚懼。後遇夜即失蹤，及明而返。鋒亦不敢詰之，因茲亦不甚憐愛。忽值磨鏡少年及門，女曰：「此人可與我為夫。」白父[19]，父不敢不從，遂嫁之。其夫但能淬鏡[20]，餘無他能。父乃給衣食甚豐。數年後，父卒，魏帥知其異，遂以金帛召署為左右吏。如此又數年。

---

16 囊：音ㄋㄤ╱，袋子。
17 大僚：指大官。
18 梁：即「樑」，橫樑。
19 白父：向父親陳述意願。
20 淬鏡：將銅鏡燒紅後，浸入水中，以利磨治，稱為「淬鏡」。淬，音ㄘㄨㄟˋ，磨也。

　　至元和[21]間，魏帥與陳許節度使劉昌裔[22]不協，使隱娘賊其首。隱娘辭帥之許[23]，劉能神算，已知其來。召衙將，令來日早至城北，候一丈夫、一女子，各跨白黑衛[24]。至門，遇有鵲前噪夫，夫以弓彈之不中。妻奪夫彈，一丸而斃鵲者。揖之，云：「吾欲相見，故遠相祗迎也。」衙將受約束[25]，遇之。隱娘夫妻曰：「劉僕射[26]果神人。不然者，何以洞[27]吾也？願見劉公。」劉勞之[28]。隱娘夫妻拜曰：「合負[29]僕射萬死。」劉曰：「不然，各親其主，人之常事。魏今與許何異。顧請留此，勿相疑也。」隱娘謝曰：「僕射左右無人，願舍[30]彼而就此，服公神明也。」知

---

21 元和：唐憲宗（西元778~820年）的年號，元和年號共計15年（西元806~820年）。

22 劉昌裔：（西元752~813年），字光後，祖籍彭城，太原府陽曲縣人。曾任陳許節度使，官至使相，爵位彭城郡開國公。唐憲宗元和八年（西元813年），許州水災，死傷無數，劉昌裔幕府亦毀。唐憲宗召見之，封為檢校尚書左僕射兼左龍武軍統軍，令其伐淮西。然劉昌裔與淮西有故交，遂稱病引退，後病死洛邑。追贈潞州大都督，謚「威」。劉昌裔生平，參見《舊唐書·列傳第一百一》、《新唐書·列傳第九十五》。

23 辭帥之許：辭別魏帥，前往許州。之，往也。

24 衛：此處作「驢」的別稱。

25 約束：指按照一般的規章禮節行事。

26 僕射：古代重武，主射者掌事，故諸官之長稱「僕射」。僕，主管；射，音ㄧㄝˋ。

27 洞：洞察。

28 勞之：接見慰勞。

29 合負：得罪。

30 舍：通「捨」。

魏帥之不及劉。劉問其所須[31]，曰：「每日只要錢二百文足矣。」乃依所請。

　　忽不見二衛所之。劉使人尋之，不知所向。後潛收布囊中，見二紙衛，一黑一白。後月餘，白劉曰：「彼未知住，必使人繼至。今宵請剪髮，繫之以紅綃[32]，送于魏帥枕前，以表不迴[33]。」劉聽之，至四更卻返，曰：「送其信矣。後夜必使精精兒來殺某，及賊僕射之首。此時亦萬計殺之。乞不憂耳。」劉豁達大度，亦無畏色。

　　是夜明燭，半宵之後，果有二幡子[34]，一紅一白，飄飄然如相擊于床四隅。良久，見一人自空而踣[35]，身首異處。隱娘亦出曰：「精精兒已斃。」拽[36]出于堂之下，以藥化為水，毛髮不存矣。隱娘曰：「後夜當使妙手空空兒繼至。空空兒之神術，人莫能窺其用，鬼莫得躡其蹤。能從空虛之入冥，善無形而滅影。隱娘之藝，故不能造其境。此即

31　須：通「需」。

32　紅綃：紅色絲綢。綃，音ㄒㄧㄠ，生絲。

33　迴：通「回」。

34　幡子：旗幟。

35　踣：音ㄅㄛˊ，遇阻礙而跌倒，引申為失敗。

36　拽：音ㄓㄨㄞˋ，拉、拖。

繫僕射之福耳。但以于闐玉周其頸，擁以衾[37]，隱娘當化為蠛蠓[38]，潛入僕射腸中聽伺，其餘無逃避處。」劉如言。至三更，瞑目未熟，果聞項[39]上鏗然[40]，聲甚屬，隱娘自劉口中躍出，賀曰：「僕射無患矣。此人如俊鶻[41]，一搏不中，即翩然遠逝，恥其不中。才未逾一更，已千里矣。」後視其玉，果有匕首劃處，痕逾數分，自此劉轉厚禮之。

自元和八年，劉自許入覲[42]，隱娘不願從焉。云：「自此尋山水，訪至人[43]，但一虛給[44]與其夫。」劉如約。後漸不知所之。及劉薨于統軍，隱娘亦鞭驢而一至京師，柩前慟哭而去。開成[45]年，昌裔子縱除陵州刺史，至蜀棧道，遇隱娘，貌若當時。相見喜甚，依前跨白衛如故。謂縱曰：「郎君大災，不合適此。」出藥一粒，令縱吞之。

---

37 衾：音ㄑㄧㄣ，棉被。

38 蠛蠓：音ㄇㄧㄝˋ ㄇㄥˇ，小蟲，似蚊子，雌蠓吸人畜的血，會傳染疾病。

39 項：脖子。

40 鏗然：聲音響亮貌。鏗，音ㄎㄥ。

41 鶻：音ㄍㄨˇ、ㄏㄨˊ，鷹屬，翅寬而短，腳和尾長。行動敏捷，兇猛有力，獵人常馴養鶻鳥以捕捉獵物。

42 覲：音ㄐㄧㄣˋ，朝見天子。

43 至人：生命修養至高的人。《莊子·逍遙遊》：「若夫乘天地之正，而御六氣之辨，以遊無窮者，彼且惡乎待哉？故曰：至人無己，神人無功，聖人無名。」

44 虛給：指差使官職。

45 開成：唐文宗（西元809~840年）的年號，開成年號共計5年（西元836~840年）。

云：「來年火急拋官歸洛，方脫此禍。吾藥力只保一年患耳。」縱亦不甚信。遺其繒綵[46]，隱娘一無所受，但沉醉而去[47]。後一年，縱不休官，果卒于陵州。自此無復有人見隱娘矣。

---

46 「遺」其「繒」綵：遺，音ㄨㄟˋ，贈送；繒，音ㄗㄥ，絲織品的總稱。

47 沉醉而去：飄飄然離去，優遊天地間。如同唐代杜甫〈旅夜書懷〉所云：「飄飄何所似？天地一沙鷗。」

賞析

綁票案是受害者一生的夢魘，晚唐裴鉶〈聶隱娘〉即描述女童聶隱娘被綁架，後經獲釋的成長故事。聶隱娘十歲在家中被劫走，她和一群失蹤兒被團訓成殺人不眨眼的刺客。五年後，聶隱娘安然獲釋返家，父母喜出望外之餘，經女兒如實陳述被訓練成「殺人機器」的歷程後，父親竟然對她產生「不甚憐愛」的疏離與冷漠。

在這篇小說中，裴鉶的書寫張力與反諷意味十足。以暴力強行綁架無辜女童者，竟是人稱六根清淨的比丘尼，而將群童訓練成殺手集團的首腦人物也是比丘尼。綁匪比丘尼不但將佛門五戒之首「戒殺」視為無物，且對冷血執行私刑視為理所當然。裴鉶在〈聶隱娘〉中，徹底顛覆傳統出家眾的形象，而筆鋒若刃的諷諭更是刀刀見骨。

裴鉶懷疑所謂「親情」，是否能療癒聶隱娘歷劫歸來的創傷？或嫌惡女兒被改造成職業殺手，或憂懼女兒並未金盆洗手，或為顧及顏面，或為力圖自保，聶父對待女兒，雖賦予豐裕衣食，然終究選擇「保持距離，以策安全」的姿態。對照聶隱娘見劫初始，父母搜尋無果，「每思之，相對涕泣而已」的畫面，裴鉶筆下的「親情」，若與「人性」、「現實」加疊較量，竟是何等的輕薄無力。

經過生命劫難的萬般考驗，聶隱娘慨然決定走自己的路。在親情方面，她坦然接受父親表面以物資供應其所需，實乃「不甚憐愛」的真相。在婚姻方面，她以平凡即幸福為前提，主動選擇門不當戶不對，「餘無他能」的磨鏡少年為夫婿。在事業方面，她和夫婿最初成為魏帥集團的左右吏，爾後因「良禽擇木而棲，賢臣擇主而事」，遂轉投魏帥對手陳許節度使劉昌裔陣營。在情誼方面，她得知劉昌裔噩耗，旋即鞭驢入京，「柩前慟哭而去」，展現情義雙全之風骨。在擇主、仕隱方面，她判斷精準、進退有據，既不慕榮利，亦婉拒隨劉昌裔入京，最終自尋山水飄然而去。

　　裴鉶的〈聶隱娘〉，雖是距今約一千餘年前的古老作品，而今讀來，透過故事突顯人性的幽微及社會現實面，古今皆然。奮力打破傳統思維窠臼，勇於鬆綁荒謬的命運枷鎖，聶隱娘不僅能與現代獨立自主的女性並駕齊驅，她更展現了在亂世飄搖中，依舊淡定昂然，堅持忠於自我、特立獨行，進而開創大器的生命格局。

蝜蝂傳

柳宗元

作者

　　柳宗元，唐代宗大曆八年（西元773年）出生於長安，憲宗元和十四年（西元819年）卒於柳州（今廣西壯族自治區柳州市），享年四十七。

　　字子厚，號柳河東、柳柳州，祖籍河東郡解縣（今山西運城縣解州鎮）。柳氏、薛氏、裴氏在河東郡並稱「河東三著姓」，柳宗元既為河東望族，世族且歷代為官，五世俱為大儒，家世相當顯赫。

　　柳宗元少年得志，弱冠即被推舉為鄉貢，二十一歲及進士第。不久，任職侍御史的父親柳鎮（西元？～793年）病逝。二十四歲任秘書省校書郎，同年與門當戶對的楊憑之女成婚。二十六歲中博學宏詞科，授集賢殿書院正字，此時夫人楊氏因病遽逝。二十九歲任藍田（今陝西西安市轄縣）尉，三十一歲回長安擔任監察御史，成為王叔文（西元753～806年）等政團一員，遷為禮部員外郎。

　　後因「永貞革新」失敗，以王叔文為首的集團慘遭圍剿。當時三十三歲的柳宗元名列「二王八司馬」，最初貶邵州（今湖南省邵陽市）刺史，赴任途中，又再被貶為更偏遠的永州（今湖南省永州市）司馬。十年後，四十三歲的柳宗元奉詔回京，因不容於宰相武元衡（西元758～815年），旋即又被貶為柳州刺史。三年後，經裴度（西元765～839年）大力進諫，憲宗（西元778～820年）敕召柳宗元回京。詔書尚未抵達之前，柳宗元即病逝柳州，獨留稚齡遺孤於世間。

柳宗元與韓愈同為唐代古文運動的倡導者，唐宋古文八大家中，唐有他們兩位在列，世稱「韓柳」。柳宗元作品以古文和詩歌為主，主張「文者以明道」（〈答韋中立論師道書〉），占文「雄深雅健」（《新唐書·柳宗元傳》韓愈評），主要包含：山水遊記、寓言故事、人物傳記、議論文等四類。詩歌以山水詩為主，內容多深具哲理。卒後，好友劉禹錫將其遺稿編成《柳河東集》三十卷傳世。

蝜蝂[1]者，善負小蟲也。行遇物，輒持取，卬其首[2]負[3]之。背愈重，雖困劇不止[4]也。其背甚澀[5]，物積因不散，卒躓仆[6]不能起。人或憐之，為去其負。苟能行，又持取如故。又好上高，極其力不已[7]，至墜地死。

1　蝜蝂：音ㄈㄨˋ ㄅㄢˇ。一種名為草蛉的幼蟲，常把枝葉、排泄物等堆馱在背上爬行。「蝜蝂」，《爾雅》第九卷〈釋蟲〉作「負版」。

2　卬其首：向上抬起頭。卬，音ㄤˊ，同「昂」。

3　負：背負。

4　困劇不止：即使非常疲累，也不停下來。困，疲累。劇，極端、非常。

5　澀：粗糙不光滑。

6　躓仆：音ㄓˋ ㄆㄨˋ，遇到阻礙而跌倒。

7　不已：不停止。

今世之嗜取者[8]，遇貨不避[9]，以厚其室[10]，不知為己累[11]也，唯恐其不積[12]。及其怠而躓[13]也，黜棄之[14]，遷徙之[15]，亦以病矣[16]。苟能起[17]，又不艾[18]。日思高其位[19]，大其祿[20]，而貪取滋甚[21]，以近於危墜，觀前之死亡，不知戒。雖其形魁然[22]大者也，其名人[23]也，而智則小蟲也。亦足哀夫[24]！

8　嗜取者：貪得無厭的人。

9　遇貨不避：遇到物品皆不退避捨去。

10　以厚其室：用來增進家產。

11　不知為己累：不知道這樣的行為會造成自己的負擔。累，負擔。

12　唯恐其不積：如果不如此囤積，內心又缺乏安全感而感到恐慌。

13　怠而躓：因筋疲力盡而遇到阻礙。

14　黜棄之：被貶官免職。黜，音ㄔㄨˋ，貶斥。

15　遷徙之：被貶官流放。

16　亦以病矣：身心深感痛苦受辱。以，甚、非常。病，痛苦。

17　苟能起：如果能夠東山再起。

18　艾：音ㄞˋ，停止。

19　高其位：追求更高的官位。

20　大其祿：謀取更豐厚的俸祿。

21　貪取滋甚：貪婪的巧取豪奪更變本加厲。

22　魁然：高大的樣子。

23　名人：名稱上是人類。名，名稱。

24　亦足哀夫：也足夠教人悲哀了。夫，語末助詞。

析

　　柳宗元與王叔文等面對政壇、社會的貪婪亂象，始終懷抱著改革的理想。然因進行改革的過程過於急切，令舊臣及宦官等深感威脅。於是當支持改革的順宗不幸因病駕崩，憲宗一即位，朝中舊勢力旋即大舉反撲，革新運動宣告失敗。集團領袖王叔文被賜死、王伾（西元？～806年）病死，此乃史稱「二王八司馬」事件。當時柳宗元的政治生涯亦受到波及，他成了被貶黜的「八司馬」之一，被貶到異常蠻荒的永州，〈蝜蝂傳〉即此一時期的作品。

　　〈蝜蝂傳〉以蝜蝂為題材，採先敘後論的形式。前半段敘寫蝜蝂貪得無厭，一路不停拾掇重物疊儲於背上，最終不堪重壓而墜死的短暫一生。後半段議論世間汲汲營營追求財資與權位者，即使不幸曾經遭逢貶黜，然而一旦得到翻身機會東山再起，卻仍重蹈覆轍不改貪性，甚且至死不悟。柳宗元〈蝜蝂傳〉以託喻言事的寓言，一方面抨擊當時朝中政客、宮內宦官，以及社會上的投機分子，寡廉鮮恥貪婪無止境的嘴臉，一方面也深刻寫出「捨」即是「得」的生命哲理。正值青壯年，仕途卻陷入幽暗低潮的柳宗元，以一針見血的筆觸和領悟人生的睿智，寫出了〈蝜蝂傳〉。

　　〈蝜蝂傳〉篇幅短小，結構縝密，旨意發人深省。全文運用類比、諷諭的筆法，表面上，敘寫蝜蝂與人類先天各具不同特質，蝜蝂為蟲豸、體積很小、智能甚低；人類為萬物之靈、體軀高壯、知識能力甚高。二者相較之下，人類看似較諸蝜蝂高明一等。事實上，人類貪婪物欲、追逐虛名、永不饜足的醜態，並無異於人類眼中的低等蟲豸蝜蝂。而蝜蝂與人類執著貪念、至死不悔的悲慘下場，竟也如出一轍。《孟子・離婁下》中，孟子曾提出：「人之所以異於禽獸者，幾希？」〈蝜蝂傳〉中，蝜蝂、人類兩相對照下，柳宗元不也在諷問：「人之所以異於蟲豸者，幾希？」

　　貶居永州期間，柳宗元所撰寫的寓言「三戒」：〈臨江之麋〉、〈黔之驢〉、〈永某氏之鼠〉，與〈蝜蝂傳〉有異曲同工之妙。柳宗元在「三戒」序中，直言所最厭惡者，屬於既無能看清自己的本事，還要仗恃外力、張牙舞爪、耀武揚威的人。柳宗元將這種人以「麋、驢、鼠」三種動物相類比，若加上〈蝜蝂傳〉之戒「貪」，凡計「四戒」。柳宗元儒、道、佛涵養皆深厚，他以意在言外的筆法，黽勉凡事「以戒為師」，人才能於世間無常中安然自適。

四個相命師

吳念真

者

　　吳念真（西元1952年～），本名吳文欽，出生於新北市瑞芳區猴硐大粗坑。父親連清科原為嘉義縣民雄鄉人，北上至瑞芳落腳，受雇台陽礦業公司採礦。父親因入贅，身為長子的吳念真從母姓。基隆中學初中部畢業後，因家中經濟無力負擔繼續升學，遂到台北私人診所工作。後來半工半讀，在延平中學補校完成高中學業，輔仁大學進修部會計系畢業。

　　曾至中央電影公司擔任編審，並與作家小野（西元1951年～）一起推動台灣新浪潮電影運動。創作小說、戲劇、音樂作詞、有聲書等，作品豐富膾炙人口。他是多部電影、電視劇、舞台劇的監製、導演、編劇，舞台劇《人間條件》等系列作品，被稱為「國民戲劇」。也在廣告中擔任導演、演員、配音員、代言者，和紀錄片「看見台灣」等旁白，以及主持電視訪談節目「台灣念真情」、「那些人，那些事」等。目前是「吳念真企劃製作有限公司」董事長，和綠光劇團編劇及藝術監督等。

　　吳念真被稱為台灣「最會說故事的阿吉桑」，小說作品以描繪中下階層社會普羅大眾的生活為主，曾獲聯合報小說獎、吳濁流文學獎、全國學生文學獎、國軍文藝金像獎等。《同班同學》、《老莫的第二個春天》、《父子關係》、《客途秋恨》、《無言的山丘》等，曾獲金馬獎最佳原著、改編劇本獎；《客途秋恨》、《無言的山丘》亞太影展最佳編劇獎。《多桑》榮獲義大利都靈影展最佳影片獎，和希臘鐵撒隆尼卡影展銀牌獎、費比西獎、最佳男主角獎，及新加坡影展評審團獎等。《戲棚腳》榮獲金曲獎最佳方言作詞人獎、《桂花巷》金馬獎最佳作詞人獎。2017年獲頒行政院文化獎。

本文

　　阿端雙眼失明，所以村子裡的人習慣叫他「青瞑[1]端」，當年他是礦村許多人的心理醫生。

　　日子不順的時候去找他，他會說七月家裡犯白虎[2]，九月秋涼之後北方壬水[3]旺，賺錢如扒土[4]⋯⋯諸如此類的，聞者便認命地忍受這段理所當然的艱辛。

　　萬一九月還是不順呢？他會要求把全家人的出生年月日都拿去給他看，全家幾口人總會有一口又沖犯到什麼吧？你說是不是？

　　他說的話沒人不信，於是再苦也可以往下撐，因為有信仰便有力量，三民主義不也這麼說過？

1　青瞑：閩南語「青瞑」，即「盲」、「瞎」之意。
2　犯白虎：民間命理學認為流年運勢會沖犯到白虎星，稱為「白虎煞」，又名「災煞」，犯「白虎煞」者會有「血光之災」。
3　壬水：命理上流年至北方壬水之人，具有江河川海滔滔奔流不息、氣勢浩大的特質，蓋逢秋令金消災難為福祉。
4　賺錢如扒土：此處對村民的鼓勵有兩層含意：（一）耐心等候，賺錢就像扒土一樣容易的時刻很快到來；（二）賺錢如同在礦土中淘金，要具備淘金者的冒險勇氣和沉著耐性。

有一年父親不順了近乎一整年，年末我們隨媽媽去「問診」；這回他倒像是十幾二十年後才時興起來的「前世今生」的大師，他說父親前世是貪官，此生所賺的錢除了養家活口之外，別想有剩，即便一時有剩也轉眼成空，因為要還前世所欠的債。

媽媽一聽完全降服，因為這正是父親的生命主軸。

由於時間尚未用完，媽媽說：「那替我家老大順便看看。」

那年我剛退伍，未來有如一團迷霧。他只掐指算了算，便說我前世是「菜店查某」，意思是風塵女子，故這輩子……，咳咳，知你「花名」者眾，知你本名者寡；惡歡飲交際、喜做家事。賺錢諸事大多在夜間完成，賞錢大爺三教九流，故我必須以不同身段、姿態迎合之……

話沒講完，妹妹們⁵已狂笑到近乎失態，被我媽媽驅出門外。

5　妹妹們：吳念真還有兩位弟弟、兩位妹妹。其中一位弟弟連碧東因積欠賭債無力償還，引廢氣身亡；一位妹妹連翠萍則罹患憂鬱症，燒炭身亡。

妹妹們之後說她們狂笑的理由是：無法想像會有這種瘦弱不堪且長相不雅的午夜牛郎，而且還會有三教九流的大爺肯賞錢。

幾年後經過驗證發現他真是神準，舉例來說，多數人知道我吳念真這個「筆名」，但不一定知道我的本名；寫文章、寫劇本通常是晚上，而投資老闆或邀約的導演果然是千百種不同個性的人⋯⋯但，那時「青瞑端」早已經往生。

三十歲那年，一個朋友的朋友說一定要認識我，朋友說這人喜歡研究命理，說看我寫過的一些小說和劇本，透過朋友知道我的八字之後覺得我有趣，一定要告訴我一些事。

一個濛濛細雨的午後，我們在明星咖啡[6]見面。因為還有人在一旁等我討論劇本，所以他言簡意賅地表示，我

6　明星咖啡：1949年創立於臺北市武昌街，一間歷史悠久兼具文風濃郁的咖啡館。「明星」的俄文店名為「Astoria」，「宇宙」之意，「明星」即星海中最明亮的那顆星。最初是高官、商賈、名人雅士聚會之處，後來詩人周夢蝶在咖啡館騎樓下擺書攤，於是吸引藝文愛好者也在此聚集，目前明星咖啡館已成為臺北重要的文學地標。

三十歲這年是「蜻蜓出網⁷」，許多人生大事會在這年發生，要我把握千萬不要浪費這機緣；順便又嚴肅地跟我說：未來十年台灣必有大改變，理由是「電視、報紙上那些富貴之人大多數非富貴之相」。

那是一九八一年，我大學畢業、第一次得金馬獎⁸，金馬獎第一次有獎金，而且多達二十萬元，於是就用那些錢結婚⁹，完成另一件人生大事。

至於台灣是否有變動？當然有，至少之後十年中，從沒人敢罵總統變化到罵總統成了新生活運動。

這個業餘相命師隨著與朋友疏遠之後從未再重逢。

父親晚年疾病纏身，有一天趁他在醫院睡著，陪媽媽到基隆南榮路找另一個相命師做心理治療。那人跟阿端一樣雙眼失明。

7　蜻蜓出網：俗諺，形容如同蜻蜓破網齊飛，許多大事即將發生。

8　第一次得金馬獎：1981年第十八屆金馬獎，吳念真《同班同學》榮獲金馬獎最佳原著劇本獎。

9　結婚：在吳念真結婚時，母親為了還願，親自完成兩件事。婚禮前夕殺豬公祭拜天公，並向天公跪拜謝恩一百次；婚禮當天母親登上舞臺，以顫抖的聲音獻唱一首歌曲「舊皮箱的流浪兒」。參見吳念真〈母難月〉。

他算算父親的八字之後只說：「活得辛苦、去得也艱難[10]……這麼辛苦的人……就順他意，不計較了，計較的話妳也辛苦，不是嗎？」

媽媽聽完掩面而泣，低聲說：「謝謝老師，我了解。」

相命師也許發現我的存在，問我要不要順便算算？聽完我的八字，沒多久他竟然笑了出來，說：「你也活得辛苦，只差你爸爸勞力，你是勞心，不過，你一生衣食無缺、朋友圍繞，勞心勞神，皆屬必然，其他，我就沒什麼好說了，你說對不對？」

與其說他是在算命，倒不如說他像師父開示。

他也許還在，但，就像他說的，一切皆屬必然之下，我還有什麼好問的？

人生碰過四個精采無比的相命師，這是其中三個。

---

10 去得也艱難：吳念真父親後因不堪疾病纏身，最終在醫院跳樓自殺。電影《多桑》劇本，即父親一生寫照。

另外一個？所說諸事皆未驗證……稱名道姓有所不宜，姑且不表。

賞析

〈四個相命師〉是吳念真《那些人，這些事》一書的序言。「算命」這件事，似乎與個人的身分無關。無論是政商名流或文人雅士或一般販夫走卒，只要有朝一日走到人生的十字路口，陷入兩難不知該如何抉擇；或面臨生命的低潮幽谷，六神無主徬徨無助，這時或奔向神明或相命師，向彼等尋求指點迷津乃平常事。

作者的母親也是在家人發生不幸事件時，走訪相命師尋求解惑。她所探詢的對象，一位是鄉民信任的「青暝端」，一位是基隆南榮路「那人跟阿端一樣雙眼失明」者。這兩位專業相命師，是作者的母親為家中老小，探詢流年順逆福禍吉凶的對象。作者到了台北，出現「一個朋友的朋友」業餘相命師，竟然主動精準預言了作者在而立之年所發生的事。可見不分窮鄉僻壤或繁華都會，只要有人的地方，相命師就會因應人們的需求而生。

面對前來問卜的民眾，無論卜算結果如何，作者觀察到相命師大多站在開導者的立場，不但協助對方建立信念走出生命幽谷，同時激勵對方努力為人生找到存在的意義和價值。所以基本上，他肯定相命師的工作，既像為善男信女解煩惱、開智慧的「師父開示」，同時也為內心鬱結、憂苦未來的徬徨者，開發「心理治療」效能。因此，相命師即使並非心理諮商師，但是在問卜的過程中，各個前來尋求解答的民眾，大致也產生了心理療癒效果。

掛著「相命師」招牌者，也並非全是正人君子。在社會的角落裡，暗藏著戴著「相命師」面具，利用人們遭逢厄運災難時，倉促盲目攀抓浮木的脆

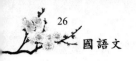
弱心理，以「消災解厄」為藉口，實乃進行詐財騙色的惡徒。當受害者發現真相時，歹徒便以「若洩露天機，將有更大不幸」等加以恐嚇。導致受害者不敢聲張，故甚難將歹徒繩之以法。因此，求神問卜一事不可不慎，以免落入歹徒陷阱。

「算命」這件事，文中寫道：「一切皆屬必然之下，我還有什麼好問的？」實際上，作者並非是一位宿命者。在一次進入大學校園的演講，他以自身的經驗勉勵年輕學子：「人生路途廣，沒有計畫，唯有認真」。如果人生一切既屬命定，又何必認真？因此，作者期勉大家用「認真」兩個字，來面對人生諸多挑戰。這也是作者以「四個相命師」為篇名，但文中只提到三名相命師的用意。他所預留的第四個相命師是誰？第四個相命師並無他人，只有自己，腳踏實地認真努力開創命運的自己。

天使小孩

嚴長壽

作者

　　嚴長壽（西元1947年～　），祖籍浙江杭州，出生於上海市。因國共內戰，遷台後，嚴府家道中落。基隆中學畢業，服完兵役，最初在美國運通公司擔任傳達小弟，後被擢升台灣區總經理。或許受到父親嚴炳炎曾在上海經營「安樂宮」飯店的影響，加上遇到伯樂周志榮，日後成為亞都麗緻飯店總裁。曾任圓山飯店總經理，後來轉任亞都麗緻飯店董事長，2016年正式退休。

　　他「以觀光旅遊讓台灣和世界交朋友」為職志，是台灣觀光旅遊業的先導，被譽為「台灣觀光教父」。成立麗緻國際管理顧問股份有限公司，提供旅館餐飲業者各項服務。任職台灣觀光協會名譽會長曾擔任世界傑出旅館系統(The Leading Hotels Of The World)亞洲主席，及青年總裁協會世界大會主席等。

　　另外積極從事教育改革，他曾表示「花東的未來」攸關著「台灣的未來」。因此，他為台灣東部的教育革新，投入相當多的熱忱與心力。目前擔任公益平台文化基金會、慈心華德福教育實驗國民中小學的董事長，在佛光山星雲大師支持下，出任台東縣私立均一國民中小學董事長。

　　創作題材多元化，不少作品極為暢銷。《總裁獅子心》，為台灣勵志、管理類暢銷之作，《教育應該不一樣》則締造《亞洲週刊》非小說類十大好書等無數佳績。《御風而上——嚴長壽談視野與溝通》，談論國際視野與人際溝通技巧。《做自己與別人生命中的天使》探討在不安的環境中，為自己

和他人安頓找到安頓的力量。《我所看見的未來》書寫找出台灣優勢,為台灣創造感動,才能贏得世界的尊敬。另與吳錦勳合著《為土地種一個希望:嚴長壽和公益平台的故事》,寫出公益平台志工動人的故事。《我的台灣想像》從人才培育、人文教育和本土文化價值中,期許台灣尋回光榮感與向上心。《你就是改變的起點》、《在世界地圖上找到自己》等,激勵台灣土地上每個人找到自己的立足點,活出生命的意義與價值。

很多年前我因為手汗[1]的症狀,到醫院做胸腺的開刀,一大早開刀房的門口就有很多人在等待,有些是等著開刀,有些則是一臉焦急的家屬等待自己親人開刀的結果,那時我太太[2]陪著我。等我進了開刀房後,我太太看到有位母親在一旁不停地掉眼淚,看著一個年紀很小的小女孩被送進了開刀房。

---

1 手汗:「手汗症」為「多汗症」(Palmar hyperhidrosis)之一。在常溫下,緊張時大量流汗,以手掌及腋下多汗最為常見。

2 太太:嚴長壽的太太陳育虹(西元1952年~),詩人。祖籍廣東南海,出生地臺灣高雄市,文藻外語大學英文系畢業。曾旅居加拿大溫哥華十餘年,現定居臺北。出版《關於詩》(遠流,1996)、《其實,海》(皇冠,1999)、《河流進你深層靜脈》(寶瓶文化,2002)、《索隱》(寶瓶文化,2004)、《魅》(寶瓶文化,2007)、《2010陳育虹:365°斜角》(爾雅,2011)、《之間,陳育虹詩選》(洪範,2014)、《閃神》(洪範,2016)等。譯有英國桂冠女詩人 Carol Ann Duffy 作品《癡迷》。2004年以《索隱》書榮獲《臺灣年度詩選》詩人獎,2017年詩集《閃神》榮獲第四屆聯合報文學大獎。

　　我太太忍不住就去安慰那哭泣的母親，原來小朋友得到的是一種罕見疾病，一開始肌肉無力、肌腱的反射緩慢，最後肌肉一點一點的消失，直到骨化。等到我從開刀房被推出來到病房，全身麻醉漸漸退去，呼吸時傷口還非常疼痛，我太太就急著告訴我，剛才在開刀房外遇見的事。她說等你稍微好一點，我們一定得去探視隔壁病房的母親和小女孩，看看能否幫上什麼忙。

　　隔天，我可以下床了，就忍著痛，跟她一起去探視。我看著那鎮日守著孩子的母親，擔憂疲累全都寫在臉上。我想既然是這麼罕見的病，除了已經有的治療，也許可以嘗試多方諮詢第二個意見的診治，而且她們家不在台北，車程奔波格外辛苦，就提出建議，安排她們住到亞都飯店[3]，並請託我熟識的醫師幫忙做了深入的檢視，這樣在幾位不同醫師的聯手下做了幾次醫療，雖然沒有使小妹妹的肌肉完全恢復。但幸運的沒再惡化，她們也就回去了埔里的家，之後很久沒有聯絡。

3　亞都飯店：即今亞都麗緻大飯店，為臺灣五星級飯店之一。1979年開幕，當時名為亞都大飯店，嚴長壽出任總裁。1997年更名為亞都麗緻大飯店，2010年嚴長壽兼任董事長。2016年嚴長壽退休，由飯店共同創辦人周志榮、周賴秀端之子周永銘接任董事長一職。

　　然後九二一地震[4]發生了，地震那天晚上，我心裡頭立刻想起了在震央的她們，我試著打電話到她們家，但已經沒有人接電話，我只能暗自祈禱希望她們母女平安無事。地震後大家忙著救災，九二一不是中部人的事，這塊土地上的人都不能置身事外。

　　那時台中永豐棧麗緻酒店的蘇國垚總經理跟我聯繫，他說災區缺乏食物，於是我就快速集合了台北的旅館業，把所有的救災物資集合到濱江公園[5]，叫了好幾輛卡車，火速運到中部，然後由蘇總押車，深入災區發送。

　　當飯店同仁在那邊照料災民用餐，其中有位災民看到蘇總，就問他說你是亞都飯店的人嗎？蘇總說是啊是啊，那個人黯然[6]的說：我認識嚴總裁，你可不可以幫我告訴總裁，我的小朋友在地震時被壓死了。我接到消息，一時之

4　九二一地震：1999年9月21日上午1時47分15.9秒，臺灣發生於中部山區的逆斷層型地震，造成全島均感受到嚴重搖晃，共持續102秒，乃臺灣自二戰後傷亡損失最大的自然災害。為悼念地震逝去的民眾，與警惕自然災害的防護，2000年政府訂立每年9月21日為「國家防災日」。

5　濱江公園，又名大佳河濱公園，面積廣大，位於臺北市中山區中山橋和大直橋之間，是一個都會型綠化公園。

6　黯然：情緒低落、心情沮喪的樣子。

間無法言語，我想到人生的無常，生命真的是太脆弱了，好不容易逃過病痛，卻躲不掉天災。這小女孩讓我久久無法忘懷！

等到又過了一些日子，有一次我到台中的大學演講，演講結束，正在幫同學們簽名的時候，突然其中有位女同學拿了一封厚厚的信交給我。她很客氣地說，嚴總裁這個請你等一下看。當時還有學生在排隊，我也沒多想，就將信收到口袋裡，等我上了車離開學校，猛然想起這封信，連忙翻出來閱讀，原來交給我這封信的女孩竟然是那個小妹妹的姐姐。

她說：嚴總裁，我妹妹已經變成天使了，但是我很想告訴你我們從來沒機會說的話，我媽媽跟我的家人都非常感謝你，感謝你對我們的關懷，我的眼眶紅了！我自認為什麼都沒做。

生命中隨時都有讓人感動掉淚的事，有時我會覺得為什麼我們不多做一點、多付出一點？當你看到因為你伸出

的一隻手，也許根本沒有什麼了不起的事，可是你所得到的竟然這麼多，你自己是最大的受惠者。

這並不是說因為你得到別人的感謝而覺得受惠，而是在同為人類的處境，我們必須共同創造人性美好互動的可能，我們同情、我們慈悲，當我們肯繼續對人付出關懷，這種美好就會存在，如此我們的社會就永遠會有希望，會有未來。

賞析

〈天使小孩〉摘錄自嚴長壽《做自己與別人生命中的天使》。本文描述他住院開刀，無意間聽到太太轉述醫院內有位無助的母親，因擔心罹患罕見疾病的女兒開完刀後的棘手問題而默默垂淚。一般人遇到類似狀況，雖心生同情，但不一定主動伸出援手，何況自己還是個自顧不暇的住院病人。不料作者卻立即展開行動，不僅主動前去詢問詳情，並加以協助安排後續相關療程。雖然女孩後來在九二一大地震中不幸罹難，但作者到中部演講時，女孩的姊姊向他遞交了一封真摯的感謝函。

病苦纏身的人，因不易保持清醒與理性，遂常呈現極端的自私行為，也很難為他人設想。身為病人的作者，卻反其道而行。他一聽說是「同為天涯淪落人」－罹病的女孩，立即忍著麻藥退去而疼痛不已的傷口，發揮「人飢己飢、人溺己溺」的精神主動關懷。作者在病中所展現的善舉，讓人看見同樣身為苦難者仍散發出人性光輝的悲憫心，這如同太陽突破了層層厚疊的烏雲所綻放的曙光。或許有人認為作者待康復後再行善也不遲，但也唯有曾經與死亡擦肩而過者，才能真正明白生命無常、行善要及時的道理。

他和太太為這位女孩所做的事，在作者看來，與其說是「善行」，不如說是沒啥了不起的一件「對的事」而已。就像九二一大地震，作者聯合中部地區的餐旅業者攜手賑災，在作者心中也不過是做一件「對的事」罷了。作者表示「我自認為什麼都沒做」，這也是老子所云：「功成而弗居，夫唯弗居，是以不去。」（《老子‧第二章》）後來作者罹患腎臟癌，手術摘除一個腎臟，從此死亡更與他形影不離。但他淡然看待生死，更加積極把握「有效生命」，馬不停蹄投入花蓮、台東的公益平台教育，因為他相信唯有「教育」才能改變台灣的未來。

　　作者初入社會時，從公司小弟做起，到後來擔任五星級飯店總裁，他的工作態度始終如一，真誠對人、自利利他、踏實做事、將事業當志業，每件事都做到盡善盡美，這樣的生命態度均具體呈現在本文中。陳育虹詩云：「在磨難中能活著就是超越。如草芥的我們。……除非藉想像。沒有想像天使是飛不起來的。想像是另一種奇蹟。」（《2010陳育虹：365°斜角》）作者將自己轉化成自利利他的天使，勇敢無畏向前，克服生命中的任何磨難。因此，無論是觀光、旅館、教育等事業和志業，他都能超越自我創造奇蹟。只有一個腎臟的「台灣觀光教父」都能開創生命的奇蹟，我們何嘗不能呢？

唐詩選

王維

作者

　　王維，盛唐詩人、書畫家。字摩詰，號摩詰居士，生卒年目前尚無定論。出生年約武周稱帝之初，大致有四說：如意元年（西元692年）、聖歷二年（西元699年）、長安元年（西元701年）等。而卒年約在唐肅宗時期，有乾元二年（西元759年）、上元二年（西元761年）等二說。至於籍貫，據《舊唐書》、《新唐書》載述，祖籍太原祁縣（今山西祁縣），父親舉家遷移至蒲州（今山西永濟縣）。唐玄宗天寶元年（西元742年），蒲州改名河東郡，故有人將王維與柳宗元視為同鄉。

　　唐玄宗開元九年（西元721年），擢進士。精通音樂，任大樂丞，因大樂署中伶人舞黃獅子犯忌，謫為濟州（今山東茌平縣）司倉參軍。開元十四年（西元726年），摯友裴耀濟治水有功，次年協返長安（今陝西西安市）。開元十九年（西元731年），喪妻，終生未續弦。開元二十二年（西元734年），好友張九齡（西元678～740年）任中書令，擢右拾遺。後張九齡被貶為荊州（今湖北荊州市）長史，李林甫（西元683～753年）任中書令，旋奉使出塞，以監察御史銜參河西（今甘肅酒泉、張掖、武威等地）節度使崔希幕府。唐玄宗天寶十五年（西元756年），安祿山攻陷長安，因扈從不及，以服藥瀉痢，偽裝瘖啞，被囚於長安菩提寺，後移洛陽（今河南洛陽市）普施寺。安史之亂平定後，本以六等定罪，弟王縉（西元700～781年）請削己職以贖兄罪，遂以〈凝碧詩〉獲赦。後為太子中允，擢太子中庶舍人，拜給事中，官尚書右丞，世稱「王右丞」。

善寫山水田園詩，蘇軾（西元1037～1101年）《東坡題跋・書摩詰〈藍田煙雨圖〉》評云：「味摩詰之詩，詩中有畫；觀摩詰之畫，畫中有詩。」與孟浩然合稱「王孟」。開元十七年（西元729年），皈依南宗道光禪師，詩作多禪意，後人奉為「詩佛」。作品《輞川集》乃輞川（今陝西藍田縣城）山水詩作二十首之集成，同時收錄裴迪詩作二十首。另清代趙殿成（西元1683～1743年）箋注《王右丞集箋注》，凡二十八卷，計詩十五卷、文十二卷、論畫一卷。合計古詩一百五十首、近體詩二百八十二首，其他各體文章七十二篇等。

本文　　　　　一、終南山[1]

太乙[2]近天都[3]，連山[4]接海隅[5]。白雲回望合，青靄[6]入看無。

分野中峰變，陰晴眾壑[7]殊。欲投人處宿，隔水問樵夫。

1　終南山：雄峙長安（今陝西西安）之南五十里，秦嶺主峯之一。古人又稱秦嶺山脈為終南山，秦嶺綿延八百餘里，是渭水和漢水的分水嶺，古代隱士集居地。大致位於甘肅、陝西一帶，又稱中南山、南山、太白山、太乙山、太一山等。《新唐書・盧藏用傳》記載：「（盧藏用）與兄徵明偕隱終南、少室二山……始隱山中時，有意當世，人目為『隨駕隱士』。晚乃徇權利，務為驕縱，素節盡矣。司馬承禎嘗召至闕下，將還山，藏用指終南曰：『此中大有嘉處』，承禎徐曰：『以僕視之，仕宦之捷徑耳。』藏用慚。」「南山捷徑」一詞，後人譏以快捷途徑圖謀官位利益者。
2　太乙：又名太一，終南山之別稱，《元和郡縣志》：「按經傳所説，終南山一名太一。」
3　天都：首都之稱。古代傳説上天帝王居住的地方，指當時天子的都城長安。
4　連山：山脈層疊相連。
5　海隅：海角。
6　青靄：紫色濛漫捲雲。靄，音ㄞˇ，指雲氣。
7　壑：音ㄏㄨㄛˋ，山谷、山溝。

二、終南[8]別業[9]

中歲[10]頗好道[11]，晚家[12]南山陲[13]。興來每獨往，勝事[14]空自知。

行到水窮處，坐看雲起時。偶然值林叟[15]，談笑無還期[16]。

---

8 終南：指終南山。

9 別業：指「輞川別業」。王維在輞川（今陝西藍田縣城）購自宋之問（約西元656～712年）的山莊後，再加以營建的園林，今已不存。

10 中歲：中年。

11 好道：虔誠佛教信仰。

12 晚家：晚近或晚年居家之處。

13 南山陲：南山，指終南山。陲，臨邊界之處。

14 勝事：美好的事物。

15 林叟：居住在山林中的老人。

16 還期：回去的時刻。

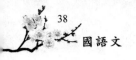

析

一、終南山

〈終南山〉的寫作時間，根據劉懷榮（西元1965年～）《唐詩宋詞名篇導讀》推測，大致是唐玄宗開元二十九年（西元741年）至天寶三年（西元744年），王維隱居於長安附近的終南山時期作品。

王維在這首詩作中，展現了他兼具畫家的藝術筆觸。首聯「太乙近天都，連山接海隅」，勾勒出終南山的大致輪廓。「太乙近天都」，點出終南山與長安距離並不遠，眷戀仕宦之隱者，隨時可眺望長安，亦隨時可與朝臣「互連網」。對終南捷徑之偽隱士，諷諭之味似在群山間繚繞。而「連山接海隅」採用誇飾法，誇張鋪飾了終南山的範圍。此筆法或誇大終南山之壯闊遼遠，或暗指山居之隱士峯峯相連，數量難以算計。

次聯，「白雲回望合，青靄入看無」，寫的是步入終南山，回首來時路。互文對照，放眼望去，層層雲海聚合無常；漫步前行，茫茫青靄煙雲朦朧。山居隱士曾經擁有或嚮往的世間名利榮華富貴，不也如山巔白雲青靄，忽焉在前，瞬間在後，來去無影，捉摸不定，生滅無常，可望不可及。若是這般，既是「看無」，何必「望合」？

接著，「分野中峰變」，彷彿立足終南山脊背的「中峯」，左右瞭望，萬里群峰廣闊綿遠。「陰晴眾壑殊」，則是千峰萬壑形態萬千，盡收眼底。前句乃形容站在權力的巔峰，固然鶴立群雄不可一勢，然而居廟堂之高、處江湖之遠，二者「分野」關鍵，決定在「分野中峰變」之「變」字。而此一「變」數，如同日月陰晴圓缺，眾多無以探底的深壑各有其異殊。

尾聯，「欲投人處宿，隔水問樵夫」，人物「樵夫」終於在詩的尾聲出現。詩人入山已忘卻時光飛逝，此刻夜幕低垂，偶遇樵夫，隔水相詢歇息落

腳處。未聞樵夫回應，詩即嘎然而止。此時彷彿裴迪〈送崔九〉一詩在山間迴響：「歸山深淺去，須盡丘壑美。莫學武陵人，暫遊桃源裡。」

王維以詩畫聯手、左右開工的架式，看似寫景，時乃摹情。全景、分鏡、遠近、高低交疊旋置，摹寫終南山隱士心境，如千峰萬壑亦如山間雲嵐，仕隱之間霧裡看花，虛實有無、進退掙扎，難以一言道盡。

二、終南別業

王維年輕時意氣風發，如「十里一走馬，五里一揚鞭」（〈隴西行〉），風馳電掣疾速積極追求政治抱負。中年之後，歷經官場起伏，摯友、手足或貶謫或四散，妻子、母親等又相繼離世，加上原本即深受母親佛教信仰的影響，爾後又從道光禪師學佛，王維晚年透過詩作所展現的生命風貌，就如同茶葉壺底沉澱後，所舒展散發的多層次茶香。這等極品茶香的醇厚甘味，久久於舌尖迴留不去。

這首〈終南別業〉，正是王維極品詩作之一。由「中歲頗好道」起始，繼以「晚家南山陲」，開宗明義即闡述隨着時間的推移，從中年「不惑」到晚近「耳順」，甚至「從心所欲，不逾矩」之齡，隨機契合內化佛法，故能與外在的天地山川自然合一。「頗」字，點出詩人隱居終南山，奉行佛法的堅定心志。而「興來」一詞，則與東晉王徽之（西元338～386年）即興往訪戴逵（西元約331～396年）如出一轍。王徽之雪夜忽憶戴逵，遂泛舟，「經宿方至，造門不前而反。人問其故，徽之曰：『本乘興而行，興盡而反，何必見安道邪！』」（《晉書·列傳第五十》）

隨興，即掌握活在當下之契機。而「每獨往」，晚唐柳宗元（西元773～819年）「孤舟簑笠翁，獨釣寒江雪」（〈江雪〉），與其意境如一。人生道上，唯我獨行，他人偶遇，亦不過因緣際會、緣生緣滅。所以「自知」即

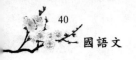

「自覺」，舉凡「勝事」，苟真能自覺如鏡中花、水中月，則娑婆世界一切虛實，不過泡沫幻影。故執著「空」與放下「空」，皆非真正悟道，唯有體認緣起性空，回歸「應無所住而生其心」，才是「空自知」之真義。

詩人隨興入山訪幽尋勝，本無任何規劃，以致「行到水窮處，坐看雲起時」。「行」為動態，「坐」為靜態，行住坐臥無論動靜，若能「萬物靜觀皆自得」（北宋程顥（西元1032～1085年）〈秋日偶成〉），則生命自然「無待而無不待」。因此，「偶然」與林中老叟相逢，「古今多少事，皆付笑談中」（明代楊慎（西元1488～1559年）〈臨江仙－漁樵問答〉），亦不在預料中。此時色空無異、物我兩忘，以致「談笑無還期」。故清人沈德潛（西元1673～1769年）於《唐詩別裁集》贊曰：「行所無事，一片化機」，誠非虛言，這是成就自我生命之最奧妙之境。

問題與討論

1. 裴鉶〈聶隱娘〉中的聶隱娘，走出童年被綁票的陰影，安然獲釋後，在婚姻、事業上等作為，具備哪些當代女強人的特質？

2. 柳宗元〈蝜蝂傳〉奉勸世人宜「戒貪」，然又該如何辨正「積極精進」和「貪得無厭」？

3. 你／妳是否算過命？信不信卜卦問事的結果？又如何辨識真正的相命師與詐財騙色的偽算命仙？

4. 可曾遇過協助你／妳的天使？或是你／妳曾當過他人的天使嗎？試舉例說明。

5. 如何與天地自然合而為一，淡定自在優游生命之旅？

延伸閱讀

1. 《女強人》 朱秀娟

2. 〈大學生要做的11件事〉 張忠謀

3. 〈流浪，是我與自己對話的方式〉 林懷民

4. 〈國峻不回來吃飯〉 黃春明

5. 〈經營之聖的成功祕訣─稻盛和夫：利他行善有強大力量〉 彭子珊

6. 〈和子由澠池懷舊〉 蘇軾

第二單元　進德修業

大風歌與垓下歌／劉邦；項羽 ⋯⋯⋯⋯⋯⋯⋯⋯⋯ 45

讀山海經十三首之一／陶淵明 ⋯⋯⋯⋯⋯⋯⋯⋯⋯ 51

白鹿洞書院學規／朱熹 ⋯⋯⋯⋯⋯⋯⋯⋯⋯⋯⋯⋯ 55

閱讀使你爬上巨人的肩膀／洪蘭 ⋯⋯⋯⋯⋯⋯⋯⋯ 61

菱形人生／隱地 ⋯⋯⋯⋯⋯⋯⋯⋯⋯⋯⋯⋯⋯⋯⋯ 75

導言

　　本單元「進德修業」旨在砥礪我們：藉由閱讀與學習，可以開拓視野與胸懷，讓自己的學識技能更豐富，品德修養更高超。

　　劉邦〈大風歌〉與項羽〈垓下歌〉讓我們了解到：「思想指導行為，性格決定命運」。當初，項羽若能貫徹始終的學成書法、劍術和兵法，因而養成敬業的學習態度，他的思維模式就不會那麼的唯我獨尊，也許命運會有所不同吧？陶淵明並非為獲得知識而讀書，而是把閱讀當作一種精神寄託，因此，《讀山海經》展現出的是「得其所哉」的快樂。《白鹿洞書院學規》的教育宗旨在於力行「五教」之目，父子、君臣、夫婦、兄弟、朋友等「五倫」是構成社會最重要的五種人際網絡，書院學生就是要學會理解和處理好這五種人際關係，知道如何做人─做一個遵守倫理道德的人。洪蘭〈閱讀使你爬上巨人的肩膀〉，是藉由世界文明發展的進程來彰顯閱讀的必要性，「閱讀」有如站在巨人的肩膀上，可以看得更高、更遠。〈菱形人生〉是在悲觀與樂觀的糾結中豐富自己，人生就像四季，何其匆匆！如何讓邁向冬天的人生，有一個漂亮的「收尾」？隱地認為：「心活，人才值得活。」讀書可以滋潤我們快要枯竭的心靈，讀書的人永遠對世界不灰心。

　　希望這些選文就像導航員般，能引領同學們邁向進德修業的康莊大道，享受學習的樂趣。

大風歌與垓下歌

劉邦；項羽

作者

　　漢高祖劉邦，本名劉季（西元前256～前195年），出生農家，生性灑脫，為人豁達大度，是中國歷史上第一位由平民登上帝位的皇帝。秦時，劉邦任沛縣（今徐州豐縣）泗水亭長，因釋放刑徒而亡匿於芒碭山，秦二世元年（西元前209年），楚人陳勝、吳廣在大澤鄉揭竿起義反秦，劉邦在沛縣起兵嚮應，被蕭何、曹參、樊噲等人擁立，自稱沛公，後投奔楚項梁。西元前206年十月，劉邦駐軍灞上，秦王子嬰向劉邦投降，秦亡。劉邦入咸陽，下令封秦宮庫，還軍灞上，與關中父老約法三章：「殺人者死，傷人及盜抵罪。」悉去秦苛法，並令吏人仍守舊職，大得秦人民心。後項羽分封入關諸侯有功者，封劉邦為漢王。在蕭何、張良、韓信等人的協助下，劉邦所率領的漢軍逐漸強大。楚漢兩國協議以鴻溝為界，互不侵犯。項羽遵守諾言退兵，劉邦卻背信偷襲，致使項羽兵敗退到垓下。

　　劉邦、項羽二人爭勝，不僅是武力的角逐，更是心力的較量。鬥智，是劉邦的絕活；鬥力，是項羽的強項。楚漢相爭歷時五年，前期劉邦屢屢敗北，但劉邦知人善任，寬容納諫，能充分發揮部下的才能，又注意聯合各地反對項羽的力量，終於逆轉勝，擊敗項羽而勝出，統一天下，建立漢朝，史稱「漢高祖」。

項籍，字羽（西元前232～前202年），下相人也。身高八尺，才器過人，力能扛鼎，少時即志向遠大，曾學習書法不成，學劍又不成，理由是「書足以記姓名而已，劍，一人敵，不足學」，立志要學萬人敵，於是從叔父習兵法，但僅「略知其意，又不肯竟學。」秦二世元年（前209年），隨季父項梁起兵於會稽（今江蘇蘇州），時年二十四，劉邦四十八。楚懷王以宋義為上將軍，項羽被封為魯公，擔任次將，范增為末將。在鉅鹿之戰中，項羽統率楚軍大破秦軍，秦亡後自封「西楚霸王」，儼然天下共主，分封群臣。楚漢相爭五年，劉、項大小戰爭七十餘次，項羽每戰必勝，曾經三萬楚軍大敗五十六萬漢軍，直接殺死漢軍二十萬，軍威可謂壯盛。但是劉邦軍團越打人越多，項羽却越打人越少。西元前202年十二月的一天，項羽被漢軍圍困於垓下（今安徽靈璧縣境），劉邦利用四面楚歌之計瓦解項羽軍心，項羽走投無路，但至死不服，認為：「天亡我，非戰之罪也！」最後自刎烏江畔，這年項羽才三十二歲。

項羽性格暴躁，用情却十分專一，他始終愛著虞美人，成為歷史上的一段佳話。當年項羽進入咸陽，火燒阿房宮，他蒐羅宮中的金銀財寶，却將數千美女盡數遣散，就了為了虞美人。項羽的勇武可稱天下無敵，他是中國數千年來最以勇猛聞名的將領，「霸王」一詞，也專指項羽而言。

本文　　　　一、大風歌　　　劉邦

大風起兮雲飛揚，威加海內兮歸故鄉，

安得猛士兮守四方？

二、垓下歌　　　項羽

力拔山兮氣蓋世，時不利兮騅[1]不逝。

騅不逝兮可奈何，虞兮[2]虞兮奈若何。

1　騅：當時最著名的戰馬，跟隨項羽身經百戰。

2　虞兮：指虞姬，又稱虞美人，是西楚霸王項羽畢生所鍾愛的美人。《史記·項羽本紀》載
　　云：「有美人名虞，常幸從，駿馬名騅，常騎之。」

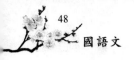

析

　　思想指導行為，性格決定命運，所以成功或失敗，並非天命，而是偶然中的必然。《史記》記載，秦始皇出巡，車馬儀仗威風，場面浩大，劉邦發出「大丈夫當如此也」的感歎，而時年22歲的項羽，則是脫口而出：「彼可取而代也」，透露出兩人迥然不同的思維與個性。劉邦抱著讚賞的眼光，為自己定下目標，要像秦始皇般開創一番事業；項羽的想法則是掠奪性的，不是你死就是我活。後續發展也證明，劉邦以「加法」的方式經營，他廣樹朋黨，因此追隨者越來越多，而項羽唯我獨尊的作為卻讓各路諸侯紛紛背棄而去，最後勢單力孤、兵困垓下，仍在怨天尤人：「天亡我，非戰之罪也！」太史公《史記》短短二句話，潛藏著二人命運走向的密碼。

　　〈大風歌〉是漢高祖在弭平英布之亂後，回朝路經故鄉沛縣，與鄉親父老宴飲時的歡樂之作。時間意識為直線性的，首句追憶往昔，次句表明當下，末句則指向未來。劉邦回顧往昔的戎馬生涯「大風起兮雲飛揚」，十多年來南征北戰，猶如風捲殘雲！經歷一番龍爭虎鬥後，終於功成名就，建立大漢帝國，「威加海內兮歸故鄉」令他躊躇滿志。「安得猛士兮守四方」則流露出劉邦對現實危機的擔憂，開國元勳被他誅殺殆盡，眾叛親離，外患又蠢蠢欲動，如何能尋得忠誠猛士捍衛四方，使大漢江山萬世永固？簡單三句詩文，將這位雄才大略君主的複雜情懷表達得淋漓盡致。

　　項羽作〈垓下歌〉時正被團團圍住，走投無路。首句「力拔山兮氣蓋世」展現出叱吒風雲的氣概，一個舉世無匹的英雄形象躍然而出。二、三句「時不利兮騅不逝，騅不逝兮可奈何」，則慨嘆天時不利。在項羽唯我獨尊的思維裡，騅馬是他主要的戰友，幾乎是單人獨騎打天下，其他人的幫助對他功業成敗的影響力微乎其微！不過，無論項羽如何的英勇無敵，一旦天時不利，瞬時陷入了失敗的絕境，是以嘆云：「天亡我，非戰之罪也！」在

「天」的面前，即使是「氣蓋世」的英雄也無能為力。項羽自知覆亡已無法避免，惟一憂慮的是他所摯愛的虞美人將面對何種命運，「虞兮虞兮奈若何」？項羽問自己，也問虞美人。

劉邦〈大風歌〉顯示出勝利者的悲哀，項羽〈垓下歌〉則呈現出失敗者的悲哀。勝也悲哀，敗也悲哀，應是同出於「人」是多麼渺小的感傷吧！

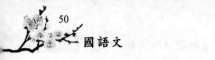

讀山海經十三首之一
陶淵明

 作者

　　陶淵明，又名潛，字元亮，私諡靖節。潯陽柴桑（今江西九江市）人。生於晉哀帝興寧三年（西元365年），卒於宋文帝元嘉四年（427年），享壽六十三歲。陶淵明的曾祖是東晉開國元勳大司馬陶侃，祖父、父親皆當過郡守、縣令，他算得上是官三代，但幼年時家道已中落。

　　陶淵明從二十九歲起開始出仕，曾陸續擔任江州祭酒、參軍、縣令等官職，當時官場風氣腐敗，諂上驕下，他性格正直耿介、淡泊功名，與官場風氣格格不入，幾次掛冠而去。最後一次出仕時擔任彭澤縣（今江西九江市東北角）令，時年四十一歲。根據《宋書‧陶潛傳》與昭明太子蕭統〈陶淵明傳〉，陶淵明到任彭澤縣令第八十一天，逢潯陽郡派遣督郵來彭澤巡視，督郵劉雲以貪婪聞名，每每以巡視為名向轄縣索賄財物，縣吏老於世故，要陶淵明「束帶見之」，亦即穿戴整齊、備好禮品、恭恭敬敬地迎接。陶淵明嘆道：「我豈能為五斗米向鄉里小兒折腰」，認清自己的個性無法苟同官場的逢迎文化，是以辭官歸田。此後二十多年，一直在農村過著「躬耕自資」的田園生活，此亦其創作最豐富的時期。

　　陶淵明自少時便愛讀書、喜愛大自然，他自述「少無適俗韻，性本愛丘山」（〈歸園田居〉其一）。歸納其詩文可知他有「三好」：一是好讀書，二是好大自然，三是好酒。到了中年選擇過「既耕亦已種，時還讀我書」的耕讀生活，正是順應本心本性。所作詩文切合真性情，清新自然，富形象性，讀來十分親切，是我國文學史上田園詩派的始祖，對後世的影響極為深遠。有《陶淵明集》。

本文

孟夏[1]草木長，繞屋樹扶疏[2]。眾鳥欣有託，吾亦愛吾廬。

既耕亦已種，時還讀我書[3]。窮巷隔深轍，頗回故人車[4]。

歡言酌春酒，摘我園中蔬。微雨從東來，好風與之俱[5]。

泛覽[6]《周王傳》[7]，流觀[8]《山海圖》[9]。俯仰終宇宙[10]，不樂復何如？

---

1 孟夏：初夏，農曆四月。
2 扶疏：枝葉茂盛的樣子。
3 既耕亦已種，時還讀我書：耕種過之後，我常悠閒的讀我喜愛的書。
4 窮巷隔深轍，頗回故人車：窮巷隔深轍，謂身居偏僻陋巷隔斷了與仕宦貴人的往來。頗回故人車，指前來探訪的老朋友要設法拐進來。深轍，是軋有很深車轍的大路。回，迴旋。
5 微雨從東來，好風與之俱：細雨從東方而來，伴隨著陣陣清爽和風。
6 泛覽：瀏覽。
7 《周王傳》：即《穆天子傳》，記敘周穆王駕八駿遊四海的神話故事。
8 流觀：瀏覽。
9 《山海圖》：《山海圖》指依據《山海經》中的傳說所繪的插圖，《山海經》是一部記載古代神話傳說、史地文獻、原始風俗的書。古時《山海經》有圖有說，其後圖皆亡佚，現存圖畫為後人另作。《山海經》現存最早注本是晉人郭璞的《山海經注》（《四部叢刊》本）。
10 俯仰終宇宙：在低頭抬頭的頃刻之間，就能憑藉著這兩本書縱覽宇宙種種的無窮奧妙。

賞析

本篇是陶淵明《讀山海經》十三首組詩的中的第一首,可視為組詩之序,總述自己歸田以來的耕讀樂趣。詩從良辰好景敘起,歸結到「得其所哉」的快樂。

「孟夏草木長,繞屋樹扶疏。眾鳥欣有托,吾亦愛吾廬。」起筆即描繪出一幅恬靜和諧的初夏圖像:在樹叢掩映的廬舍四周,草木茂盛,環境清幽,成為眾鳥快樂的棲息之所,而我身處如此靜謐的農家也很自得其樂。寫來自然平和、情景交融,彷彿人與鳥有了同情共感。接下來描寫躬耕與讀書生活的情形,「既耕亦已種,時還讀我書。」陶淵明歸田以來的生活內容,不外就是耕作與讀書,當農事告一段落,悠閒地讀著書。「窮巷隔深轍,頗回故人車。歡言酌春酒,摘我園中蔬。」謂住在僻遠的陋巷,華貴的大車進不來,隔斷了與仕宦貴人的往來,偶爾有老朋友突然光臨,也可以就便斟上今春自己新釀的春酒,採摘後園自種的菜蔬,歡談小酌一番。「微雨從東來,好風與之俱。」此一語雙關。此時初夏清爽的和風伴著一場小雨從東而至,吹面不寒、潤衣不濕,為這次相聚增添對酌的興致。既寫環境的滋潤和美,又有好風吹來好友,好友如好雨一樣滋潤著詩人的心田。

「泛覽《周王傳》,流觀《山海圖》。俯仰終宇宙,不樂復何如?」,這裡「泛覽」、「流觀」寫非常隨心所欲,從這種讀書方式可看出,陶淵明並不是為獲得知識而讀書,而是把閱讀當作一種樂趣,一種精神託,對當前躬耕自資隱居生活的珍惜與滿足。陶淵明本來就好讀書,當他悠閒的流覽著《穆天子傳》、《山海經圖卷》等書,在一轉眼之間,便隨著神話小說的故事情節縱覽宇宙種種無窮的奧妙,對一個讀書人而言,這種生活還不快樂更待如何?

　　現實生活與理想人生之間，橫跨著矛盾與衝突，陶淵明辭官歸田去過躬耕自資的生活，需要相當的勇氣。四十歲之前他一直在入世與出世間徘徊，直到中年，往昔的迷惑隨著生活中種種的歷鍊而逐漸淨化，看透了官場的腐朽文化，也明白了一些道理，自已所追求的只是過簡單的生活而已，遂下定決心有所取捨。《讀山海經》描繪出陶淵明耕讀生活的樂趣，但田家生活並不全然順利，務農是很辛苦的，〈歸園田居〉五首之三道云：「種豆南山下，草盛豆苗稀。晨興理荒穢，帶月荷鋤歸。道狹草木長，夕露沾我衣。衣沾不足惜，但使願無違。」雖然曠時費力，但陶淵明仍然對自己的人生選項甘之如飴。

白鹿洞書院學規

朱熹

作者

　　朱熹（西元1130～1200年），字元晦，號晦庵，晚稱晦翁，又稱紫陽先生、滄州病叟、雲谷老人等，諡號「文」。祖籍安徽婺源（今屬江西上饒市），自幼聰穎，八歲時能讀懂《孝經》，題字自勉云：「若不如此，便不成人。」年十九中進士，歷高宗、孝宗、光宗、寧宗四朝。曾任知南康、提典江西刑獄公事、祕閣修撰等職。寧宗新立（1194年），朱熹任煥章閣待制兼侍講。經筵時反覆強調「格物、致知、誠意、正心、修身、齊家、治國、平天下」八目，希望通過匡正君德來限制君權的濫用，引起寧宗和執政韓侂胄的不滿，因此旋被罷職，擔任侍講僅四十六日。晚年定居福建建陽考亭，在麻陽溪畔的滄州精舍興教講學、著書立說，學子們不遠千里負笈到此求學問道，一時群賢畢至，他在此講學八年，完成了理學思想的最後體系。

　　朱熹是「二程」（程顥、程頤）的三傳弟子李侗的學生，為宋代理學的集大成者，與二程合稱「程朱學派」。朱熹逝世四十年後，理宗詔從祀孔廟，朱熹取得與周敦頤、張載、程顥、程頤並列的五大道統聖人的地位。淳祐四年（1244年）賜「考亭書院」御書匾額，是以世又稱為「考亭學派」。

　　朱熹著述甚多，有《四書章句集注》《太極圖說解》《通書解說》《周易讀本》《楚辭集注》，後人輯有《朱子大全》《朱子集語象》等。其中《四書章句集注》一書成為元、明、清三朝科舉考試的標準教本，對後世影響尤大。

本文

父子有親。君臣有義。夫婦有別。長幼有序[1]。朋友有信。

　　右五教之目。堯、舜使契為司徒[2]，敬敷[3]五教，即此是也。學者學此而已。而其所以學之之序，亦有五焉，其別如左：

博學之。審問[4]之。慎思之。明辨之。篤行[5]之。

　　右為學之序。學、問、思、辨四者，所以窮理[6]也。若夫篤行之事，則自修身以至於處事、接物，亦各有要，其別如左：

言忠信。行篤敬。懲忿窒慾[7]。遷善改過。

　　右修身之要。

1　序：尊卑的次序。

2　司徒：相當於今之教育部長。

3　敬敷：恭敬的傳布。

4　審問：詳細的問，指在探究學問上深入的追求。

5　篤行：切實而專注的履行。

6　窮理：窮究事物之理。

7　懲忿窒慾：語出《易經・損卦・象曰》：「君子以懲忿窒欲。」謂遏止忿怒，抑制欲望。

正其義不謀其利。明其道不計其功[8]。

　　右處事之要。

己所不欲，勿施於人。行有不得，反求諸己。

　　右接物之要。

　　熹竊[9]觀古昔聖賢所以教人為學之意，莫非使之講明義理，以修其身，然後推以及人，非徒[10]欲其務記覽，為詞章，以釣聲名，取利祿而已也。今人之為學者，則既反是矣。然聖賢所以教人之法，具存於經，有誌之士，固當熟讀、深思而問、辨之。苟知其理之當然，而責其身以必然，則夫規矩禁防之具，豈待他人設之而後有所持循[11]哉？近世於學有規，其待學者為已淺矣。而其為法，又未必古人之意也。故今不複以施於此堂，而特取凡聖賢所以教人

8　正其義不謀其利，明其道不計其功：《漢書・董仲舒傳》作「夫仁人者，正其誼不謀其利，明其道不計其功。」謂做事時，應當事事以社會大眾利益為前提，而不謀求自己的利益。待人處事皆當以道義為標準，不去計較個人的功勞。

9　竊：作為表示自己的謙詞。

10　徒：僅只。

11　持循：即遵循。

為學之大端[12]，條列如右，而揭之楣[13]間。諸君其相與講明遵守，而責之於身焉，則夫思慮云為之際，其所以戒謹而恐懼者，必有嚴於彼者矣。其有不然，而或出於此言之所棄，則彼所謂規者，必將取之，固不得而略也。諸君其亦念之哉！

12　大端：謂事情的主要方面。

13　楣：門窗上的橫木。

賞析

　　白鹿洞書院位於江西廬山五老峰下，唐貞元年間（西元785~805年），李渤在此隱居耕讀，畜白鹿以自娛，因而得名。南唐升元年間（940年），白鹿洞正式闢為學館，亦稱廬山國學，後擴為書院，宋時已與湖南岳麓書院、河南睢陽書院和嵩陽書院，合稱為四大書院，惜北宋末年因戰火而荒廢。南宋孝宗淳熙六年（1179年），朱熹在南康軍任上，經樵夫指引找到白鹿洞書院廢址，竭力整葺修復。他延請名師，充實圖書，置辦學田以供養貧窮學子，又奏請皇上賜匾額及御書，並親自制定《白鹿洞書院揭示》學規，又稱《白鹿洞書院學規》。它是中國書院史中第一個綱領性學規，對當時及後來的書院教育皆有重大影響。

　　《白鹿洞書院學規》是朱熹為了培養人才而制定的教育方針和學生守則，集儒家經典語句而成，便於記誦。首先，學規開宗明義地揭示書院的教育宗旨，在於力行人倫之常的五教之目：「父子有親。君臣有義。夫婦有別。長幼有序。朋友有信。」父子、君臣、夫婦、兄弟、朋友等「五倫」是構成社會最重要的五種人際網絡，書院學生就是要學會理解和處理好這五種人際關係，知道如何做人－做一個遵守倫理道德的人。因為人與人之間遵守基本的倫理準則，是維護社會秩序、社會和諧的基礎。學規中明確規定學生的為學順序為：「博學、審問、慎思、明辨、篤行」五個步驟。前四個步驟「博學、審問、慎思、明辨」皆是為了「窮理」，亦即窮究和體認「天理」，此「天理」也就是「五倫」之「理」。因此第五個步驟「篤行」包括了「修身」、「處事」、「接物」三項，也就是指對「天理」、亦即「五倫」的實踐了。

　　從學規文本之後的說明可看出，朱熹講學、辦學的目的，是責成學生按儒家經典讀書窮理，修己治人，成為對社會有用的人才。由此可知，《白鹿洞書院學規》明確體現出程朱學派理學教育的思想，彰顯出把道德教育置於學校教育首位的辦學方針、及重視學思結合、知行合一的實踐精神。

閱讀使你爬上巨人的肩膀
洪蘭

作者

　　洪蘭，福建省同安縣人，出生在司法世家，祖父是檢察官，父親是著名的律師。西元1969年從台灣大學法律系畢業，留學美國，取得加州大學實驗心理學博士學位。曾在耶魯大學哈斯金實驗室及加州大學爾灣醫學院神經科接受博士後訓練，之後進入聖地牙哥沙克生物研究所任研究員，並於加州大學河濱校區擔任研究教授。1992年回台灣，先後任教於中正大學心理學研究所、中央大學認知神經科學研究所。目前為國立陽明大學神經科學研究所教授暨認知神經心理學實驗室主持人。

　　洪蘭與夫婿曾志朗（前教育部部長、前中央研究院副院長）結婚多年，36歲才生下獨子曾允中。獨子在台灣上小學期間，身心飽受摧殘，洪蘭在〈生命不一定是直線〉一文中寫到：「到了上學時間，常常是我先生抬頭，我抬腳，兩人合力把他拖上汽車，他一路上叫：『求求你不要叫我去上學！』聽了心中真的很不忍，我們為什麼會讓孩子讀書讀到這樣的痛苦？」中文不好的曾允中，還因為考試成績不好，被老師罵「豬頭」、「白痴」，那時候幾乎每天哭著說「我要回去美國」，還告訴她「我走也要走回去⋯」，全然不知台灣和美國之間還隔著太平洋。對此，洪蘭感慨萬千，也出了許多教育觀念的書籍。近年來有感於教育是國家的根本，而閱讀是教育的根本，更致力於閱讀習慣的推廣，足跡遍及台灣各縣市城鄉及離島近千所的中小學作推廣閱讀的演講。

洪蘭的學術專長領域在認知心理學、語言心理學、神經心理學與神經語言學等。她多年以來致力於腦科學的研究，以及相關知識在教育的應用和推廣。著作有《講理就好Ⅳ：理應外合》、《歡樂學習，理所當然》、《讓孩子的大腦動起來－最科學的聰明育兒法》、《講理就好Ⅲ：知書達理》、《講理就好Ⅱ：打開科學書》、《講理就好》等。鑑於國內科學環境未臻成熟，投身致力於科普書籍的譯作，譯有生物科技及心理學方面的書籍，多達三十餘本。

在人類史上，知識的累積從來沒有像過去一百年來這樣驚人，從一九六一到八一年，這二十年間所累積的知識可以說是過去二千年的總和，從一九八一年到現在，知識又幾乎增加了一倍。難怪大家說資訊爆炸，因為現代知識的增加已經超越一般人可以負荷的能力，是前人無法想像的。比如說，在二十世紀之初，萊特兄弟(Wight brothers)剛發明滑翔機；一九二七年，林白便架著單引擎飛機「聖路易精神號」飛越大西洋；到一九六九年七月，人類更登上了月球。尼爾·阿姆斯壯(Neil Armstrong)當時說出所有人的心聲：「我的一小步，人類的一大步。」在這短短的

幾十年間，人類從不會飛到飛上月球，這種知識的累積與科技的進步真是驚人。

可以設計訂製生命的世界

又二十世紀初的時候，我們對生命的本質、來源、結構都很不瞭解，人的平均壽命才四十八歲，連血型有種類、不能隨意輸血都不知道，但是到一九五三年，詹姆斯・華生(James Watson)和法蘭西斯・克里克(Francis Crick)卻發現DNA的雙螺旋結構，開啟了分子生物學的大門。人類也是在短短的幾十年間，不但壽命延長到七十五歲，而且有複製人的能力了，一九九七年，英國成功的用成年的乳腺細胞複製出一頭羊，推翻生物學上成年細胞不再分化的定律，最近馬上要解出人類23對染色體的基因序列，可製作基因晶片以比對遺傳上的疾病。人類從萬物之靈變成可以被另一個人類設計訂製的生命，這個知識的累積不可謂不驚人。當然，電腦的發明是這些科技突破的大功臣，二十一世紀最大的挑戰將會在生物科技與電子資訊方面。電腦使我們將記憶存放於外界，不再受到生理的限

制（人腦只有三磅重，大約有10－10的神經元），人腦發明了電腦，電腦又反過來研究人腦。科學家把人腦稱為人類最後的一塊處女地，我們可以複製出個一模一樣的人，卻不能使這兩個人有一模一樣的記憶。人體什麼器官都能移植，卻不能移植大腦。如今人腦最後的解碼就落在電腦身上，人類的基因圖因為有電腦幫忙，才可以在短短的幾年內將序列排出。

因為知識的快速累積，科技的突飛猛進，科學家對於未來世界的預測都不敢超過五年，有人甚至連預測兩年後會變成什麼樣都不敢（還記得這兩年e-mail 和大哥大的普遍情形嗎？），因為科技的進步是成等比級數上升，人類無法看到那麼遠。我們的祖先無論如何都不可能預測到今天我們生活的方式；不要說祖先，就連生在本世紀，在馬來半島叢林中躲了四十年的人重回人間後，也不敢相信人類的文明可以在二次世界大戰後進步得這麼快。

科學上的發明可以進步這麼快，最主要是因為人類的知識可以累積。我們有文字，可超越時空的阻隔，將前

人一生研究的心血紀錄下來，流傳後世，使我們可以站在他們的肩膀上，看得更高、更遠。還記得牛頓說他是站在巨人的肩膀上那一段話嗎？一個人的生命有限，如果沒有前面無數人的努力，我們今天不可能坐在這裡享受這麼進步的科技文明。因此，面對二十一世紀資訊爆炸唯一的武器，便是閱讀──在最短的時間內吸取別人研究的成果。閱讀是目前所知唯一可以替代經驗使個體取得知識的方法（這裡所指的知識是已被內化，隨時可以取用的東西）。

背景知識是智慧的鷹架

我們吸取外界知識一般來說有兩個管道：聽和看，因為聽覺是時間性的，時間流過去，聲波就消失。因此，除非大腦中已有背景知識的架構，可以捕捉這些聲波，使它意義出現，不然有聽沒有見，好像在聽外國人講外國語一樣，雖然很努力聽仍然無法重複。一般俗語所說的「鴨子聽雷」指的便是這個現象，因為不瞭解意義，聽過聲波消失後，無法在大腦留下記憶的痕跡。（對於記憶的處理，一般可以分為工作記憶和長期記憶，訊息經過工作記憶的

處理後，轉存入長期記憶，而工作記憶需要動用到先前的背景知識或認知架構，來幫助處理新的訊息。）

　　視覺是空間性的，閱讀比聽講更能吸收較多的知識，原因是文字不會像聲音一樣消失，碰到文意不懂時，眼睛可以回去在看，這使訊息的吸收可以依照自己的步調進行。這是為什麼，聽演講時最能看出一個人對某個領域的功力，一般來說教授聽的比博士班學生多，博士班又聽的比碩士班學生多，而大學生聽專業演講大約只能聽到兩三成。在這裡，我們清楚的看到背景知識的重要性，它提供我們鷹架，讓後來的知識可以往上爬，進入它應該放置的位置。這也是為什麼我們的學習不是一個連續性的曲線，而是學習到某一個程度時豁然貫通，使自己提升到另一個境界，也就是心理學所謂的頓悟──當所有的知識都放入恰當的背景架構中時，一幅完整的圖像才會浮出，我們才會恍然大悟，原來先前這些知識彼此的關係是這樣的，原來這個主題真正的意義在這裡。於是這個主題的知識便被內化成為你所了解的東西，可以經由你自己的口，說出來

給別人聽了。這個知識即使改變成很多不同的形狀，你還是認得它，不會被外表的形狀所蒙蔽，你自己也能任意變換描述它的方式而不失真。這就是為什麼真正懂得人，可以深入淺出的把一個困難的概念講得別人聽得懂，而半瓶醋的人往往說得天花亂墜，聽的人卻覺得不知所云。

在研究裡，我們常叫學生上台做報告，當一個學生可以不看講稿、侃侃而談時，他所講的是已被他自己吸收、內化了的知識。在學習上，我們深切希望能做到這一點，因為一個死記背誦而來的知識是無法轉換的，而一個無法轉換的知識是無法觸類旁通、引發新的知識的。知識的不足，使得我們的學生無法達到批判性思考的地步或做出獨立判斷的能力，假如你不知道別人講得對不對，如何做出任何的判斷？假如你不知道這件事情的來龍去脈，如何對它提出批判性的思考？

目前我們的社會上充滿盲從、人云亦云的現象，最基本的原因就是我們國民的知識不夠，不足以作有智慧的判斷。這點是目前大力推動閱讀的最主要原因，要使台灣成

為科技島，國民的基本常識一定要提高，而閱讀，便是提昇這個能力最簡便、最快捷的方式。

閱讀的好處不只是它打開了一扇通往古今中外的門，讓你就你自己的時間、自己的步調在裡面翱遊，它同時可以刺激大腦神經的發展，使你的大腦不會退化。最近的研究發現，義大利北部文盲和讀過五年書的老人，在阿茲海默症（老人失智症）上的比例是十四比一，也就是說，讀過幾年書、可以看報紙的人，得阿茲海默症的機率比不認得字的人少了十四倍。十四倍在醫學上是個很大的差距，有沒有動腦筋造成這個差距，是因為大腦的神經元基本上是用進廢退。從猴子的實驗中我們發現，當把小猴子的中指頭切去，原來掌管中指的神經，便會朝兩邊伸過去掌管食指和無名指了；一個人的手臂出意外鋸掉以後，原來的手的神經便會伸到別的部門去管別人的事，神經是不會無所事事的。一個沒有與其他的同步發射過的神經元會被修剪掉。閱讀時，每一個字會激發其他的字，會聯想到過去的經驗，你的神經會像骨牌效應一樣，一個牽動一個，發射起來形成綿密的神經網路。

增加忍受挫折的能力

　　閱讀的另一個好處是增加個體忍受挫折的能力，減少心理上因無知而造成的恐懼感。在遭受打擊時，我們第一個反應常是「為什麼是我？」(Why me？)認為上天對自己不公，開始怨天尤人。一個人如果把精力花到怨怪別人身上，自然沒有餘力思索解決問題之道。而且因為大家都不喜歡與愛抱怨的人在一起，所以這個人就愈來愈孤獨，愈落單，一個人獨處時就會鑽牛角尖，愈怨嘆就愈沒有朋友，惡性循環之下，憂鬱症就出現了。其實，太陽底下無新鮮事，大部分的事情，過去都曾發生過，只是時間、地點、人名不一樣而已，這是為什麼讀歷史可以以古鑑今，幫助我們解決現在的問題。閱讀別人的經驗可以幫助我們克服現在的困難，激勵自己再出發。同時人一旦發現別人也曾和自己一樣受過這個苦，心中不平之氣就會消減許多，這是為什麼在醫療上「支持團體」(supporting group)這麼有效的原因了。所謂同病相憐，一旦人感到自己沒那麼孤單，挫折感就減輕了一半，這比較能正確的面對問題。

當我們無知時，很容易感到恐懼，算命的流行，就是因為對未來的不可預知造成心中的恐懼感，使得人願意花錢買一個心靈的平靜（大部分的算命是報喜不報憂）。事情不論多壞，如果我們知道該怎麼處理，就不會焦慮、害怕。我們可能會憤怒、悲傷，但不會惶恐、不知所措。那麼，怎麼樣才可以減少自己因無知所引起的焦慮？這個答案仍然只有閱讀，從瞭解問題本質尋求解決之道，從別人的經驗汲取教訓。

我們說：讀書可以改變氣質，這是因為讀了很多書，視野變得寬廣，不會再為芝麻綠豆小事煩心，眉頭不會深鎖。知識淵博，使你對問題有很多的解決方式，你的成竹在胸，使你談吐有物，進退得體，這便是風度和氣質。氣質必須經過讀書的薰陶，急促是不可得的，也無法做假的。最後，做一個學生，現在應該準備的是語文能力和組織能力。語文能力是因為全球科技的進步，已經拉近人們的距離，朝發夕至已經不是新聞，而是日常生活的一部分。地球村化的結果，是做到了古人說的天涯若比鄰，尤

其是台灣加入世界貿易組織後，外國會紛紛湧入台灣做生意，國際語言的能力是我們必須的，而且有了它才能與外國人溝通，才能上網搜尋別國的資料充實自己。

現在所有的資料都在網上，下載便可，但如果沒有組織能力，呈交出來的便是「資料彙集」而非「心得報告」。資訊太多以後，必須知道取捨，並從取下的資料中找出彼此之間的關係，整理出自己的創見。這個趨勢已從各個大學逐漸走向開放式的考試，老師出題後，學生回去上網找資料找答案，複誦式的記憶已經落伍了。我們前面說過，電腦的記憶體比人類的大幾百倍，而且一再取用不會變形，因此，現代的教學已不再要學生死記，現在要的是組織能力，將前人或別人的東西轉化為你自己的，閱讀使你爬上前人的肩膀，有了這個實力，你才能夠在爬上去後不掉下來，並且可以高瞻遠顧，有一番創見。

再兩個月，二十一世紀便真正開始了，希望我們的學生能把握在校的時光，好好的充實自己，迎接二十一世紀的挑戰。

析

　　本文選自《講理就好》。過去一百年來,知識累積與科技進步十分驚人。二十世紀初,萊特兄弟還在測試滑翔機,到了1969年,人類已登上了月球,阿姆斯壯(Neil Armstrong)登月時說:「我的一小步,是人類的一大步。」科學發明可以進展的如此神速,最主要的原因,是透過「閱讀」,可以累積人類的知識。作者即是藉由世界文明發展的進程來彰顯閱讀的必要性。

　　全文主在闡發閱讀的三大功能:

一、閱讀可以設計訂製生命的世界。知識的快速累積造成人類文明不斷進步,如登陸月球、基因改造、生物科技、電子傳輸等,在這資訊爆炸的時代,唯一的武器便是「閱讀」,因為文字可超越時空的阻隔,將前人的智慧心血記錄下來,流傳後世,知識的累積造成人類文明不斷進步,正如牛頓的經典名言:「如果說我看得比別人遠,那是因為我站在巨人的肩膀上。」

二、背景知識是智慧的鷹架。多讀書可以豐富背景知識,作為提供智慧的鷹架,讓新知識與舊知識聯結累積,整理為有系統的概念,同時將知識內化為自我能力,以達融會貫通的境地。否則,知識不足,就無法培養出批判性思考的能力。此外,閱讀還能刺激大腦神經發展,讓大腦不會退化,降低罹患阿茲海默症的機率。

三、閱讀能增加忍受挫折的能力。讀書能從別人的經驗汲取教訓,減少因為無知而造成的恐懼感,增加處理困難與忍受挫折的能力。知識淵博後,視野變得寬廣,自然進退得體,在潛移默化中改變氣質。文末,作者更強調做一個學生,語文能力和組織能力很重要。語文能力是人與人之間溝通對話的主要媒介。現在很多資料都可從網路下載,如缺乏組織能力,呈現出來的只能算是「資料彙集」而非「心得報告」。

　　在電子資訊快速發展的今日，閱讀是一項人人不可或缺的能力，學生更應該養成閱讀的習慣，嫻熟閱讀的方法，進而領略閱讀的快樂，如此一來便能奠定語文基礎、厚植組織能力。透過「閱讀」有如站在巨人的肩膀上，可以看得更高、更遠。希望我們的學生能把握在校的時光，好好的充實自己，迎接二十一世紀的挑戰。

菱形人生

隱地

 作者

　　隱地，本名柯青華，浙江永嘉人，西元1937年生於上海，十歲時來台，十六歲開始寫作、投稿，風格平實，溫文儒雅，氣度包容，筆墨生涯至今超過一甲子，曾擔任《青溪雜誌》、《新文藝月刊》、《書評書目》等雜誌的主編。1975年創辦爾雅出版社，任發行人迄今，已出版六百多種書，知名作家如：王鼎鈞、蔣勳、洪醒夫、虹影、愛亞、歐陽子…等，都曾在爾雅出版過好幾本膾炙人口的好書，近幾年更因出版大陸學者余秋雨的《文化苦旅》和《山居筆記》兩本書，讓余秋雨成為台灣出版界中的暢銷作家。

　　隱地的著作豐富而多樣化，包括小說、散文、評論、隨筆、小品、遊記、詩歌等各種類型，如：自傳《漲潮日》，小小說《隱地極短篇》，短篇小說集《幻想的男子》，長篇小說《風中陀螺》，詩集《法式裸睡》、《十年詩選》、《風雲舞山》，散文集《草的天堂》、《身體一艘船》、《我的眼睛》，雜文集《一日神》、《一棟獨立的台灣房屋及其他》，哲理小品《人啊人》，文學年記《遺忘與備忘》、《朋友都還在嗎？》、《出版圈圈夢》，以及最新的電影筆記《隱地看電影》…等五十餘種。其中1984年的《心的掙扎》、1987年的《人啊人》和1989年的《眾生》，被稱為「人性三書」系列，受到文壇與讀者的熱烈迴響，曾被翻譯為韓文出版。

　　隱地的爾雅出版社持續三十一年編選《年度小說選》，也曾出版過多年的《年度批評選》、《年度詩選》，在出版領域中表現卓越，不僅讓爾雅充分發揮了文化傳播的功能，隱地也於2010年榮獲新聞局「第三十四屆金鼎獎」圖書類特別貢獻獎，對台灣的文學出版貢獻良多。

　　秋，是一年中的第三季。人的一生，一旦邁入秋季，其實人生的高峰已過。秋，代表收成，可收成之後，接著就要向豐收季告別。以後，是縮小的人生——前面的路愈走愈窄，真的是「夕陽無限好，只是近黃昏[1]」。

　　人生下來，只有一個光裸之身。父母養育我們，讓我們吃食、穿衣，並賜給我們名字。從搖籃到學習走路、讀書、寫字。一個一無所有的我，在成長過程裡，開始擁有思想，逐漸發展出屬於自己的人生見解和人格特質。青少年時代，世間的一切對我們都是新鮮。追求、追求、追求，……我們追求一切有形的無形的，嚮往精神生活，也渴望物質生活。名利，我們要；吃好的，穿好的，住好的，也都是我們日思夜想的夢。每天，我們至少都有三個願望。望著遠方，望著光，每一個青少年，身上都掛滿慾望的零件，眼睛張得大大的，看著對方身上擁有的好東

1　夕陽無限好，只是近黃昏：出自晚唐詩人李商隱〈登樂遊原〉：「向晚意不適，驅車登古原。夕陽無限好，只是近黃昏。」意謂夕陽下的景色無限美好，只可惜已接近黃昏。這是詩人無力挽留美好事物所發出的深長慨嘆，也寓有愛惜光陰的積極意義。

西，心裡想著為什麼別人都有我沒有？於是有人努力讀書，希望求得好成績得到獎學金將來還能出國，回國後謀到好職位，從此一帆風順，過著理想人生。也有人不願循正常的奮鬥之路——學士、碩士、博士……多麼辛苦、漫長的路，不如逆勢操作，到燈紅酒綠之地討生活，追求墮落的快樂。墮落有時讓我們年紀輕輕就快速累積財富。不過錢財是奇怪的東西，往往來得容易去得快。許多靠皮肉賺錢的所謂高級妓女或牛郎猛男、色衰之後依然兩袖空空，只能說春去也。的確，一江春水向東流[2]，東流的財富，一如江水一去不回頭。

我們太悲觀了。理論上年輕的生命總是奔騰而上。絕大多數的人，隨著年歲的加大，擁有、擁有……我們擁有之物愈來愈多。青壯之輩，尤擅開疆闢土，建立起自己的名號，也建立了自己的財富。菱形人生——人生像一隻菱角，中間大，兩頭小，我們從小溪溯流而上，就像一個鄉

2　一江春水向東流：出自南唐李煜〈虞美人〉：「春花秋月何時了？往事知多少。小樓昨夜又東風，故國不堪回首月明中。　雕欄玉砌應猶在，只是朱顏改。問君能有幾多愁？恰似一江春水向東流！」李後主抒寫自己在降宋後，對故國、往事的無限留戀。一江，指長江，用一江春水來比擬愁思，無窮無盡。

下人，進了城，天啊，摩天大樓讓我們必須仰望，然而曾
幾何時，我們已經住進摩天大樓，成為摩天大樓的主人。
命運奇特，如今我們老早已經是一個都市人。一個完完全
全的都市人——縱橫股市，情海翻滾，呼風喚雨……看
來，世界屬於我們，從東半球到西半球，時而紐約時而巴
黎，進出五星級旅店，吃香喝辣，汽車換了又換，人生多
麼拉風。

先是悲觀，現在又太樂觀了。人生哪有那麼順暢，十
有八九，就算到了人生高峰——就以四十歲為分水嶺吧，
多數四十歲的人，也許有了自己的房屋、自己的汽車，仍
然朝九晚五，辛苦非常，就算有人當了老闆，其實比夥計
更加辛苦，又要管前門，又要管後門，人生到處是風雨，
菱形人生的巔峰期，就算精神生活和財富並進，也不過
行至人生中途，終於可以喘口氣，偶爾小歇小歇，如此而
已！

春天多麼短暫，春燕剛剛飛來，怎麼轉個身牠又飛走
了。激烈的夏天來勢洶洶，勇猛在人生漫長又短暫的生命

史上，只是一場驟雨。練了半輩子的肌肉，怎麼說萎縮就萎縮了，一個強而有力的男人，看來可以頂天立地！你以為他不畏風雨，經得起風霜雨露，可眼前卻走來一個彎腰駝背的老人，居然他手裡還拄著枴杖，天啊，他昨天的勇猛之力，已被時間之神收了回去，連激烈的夏天都逃之天天[3]，秋，已經悄悄地來了。

　　秋天的光臨，讓我們生出下山的心情。坐在沙發上，我望著屋裡的裝潢，牆上的畫，連著天花板的書架，書架上躺著站著的書，每一樣家具，每一種裝飾，杯盤碗筷，玻璃櫥裡亮晶晶的高腳水晶杯，落地座鐘，以及衣櫥裡的箱子，箱子裡的冬衣……一切一切，甚至鞋櫃裡的每一雙鞋，都是東一件西一樣不停地從各地各處買回來的，每一樣物品都是一個蒐集的故事。夢的完成。然而當秋光奏鳴曲響起，我們會有一種驚覺，原來貪心已經把我們的家庭塞爆，不管是客廳或臥室，廚房或浴室，甚至起居室和儲藏間，都顯得太小太小，蒐集的東西愈多，我們屋子的空間相對的好像不停地在縮小中。

3　逃之天天：逃跑的不知去向。

　　年輕的時候蒐集，年老的時候丟棄。我們要開始學習送和丟。譬如，我收到齊邦媛老師給我的禮物，她還附了一張精美的卡片：「這三個芬蘭史詩繪本盤子隨著我走了很遠的路，你和貴真最能了解。二十年後可以作獎品給更年輕的文人。歲月就是價值。祝福今生！」秋臨大地，菱形人生，面對的是「縮小的人生」，中間大，兩頭小，我們已走過巔峰，現在，要把自己縮小。縮小到讓自己覺得是一個平凡人。有了名，不肯把自己的名收疊起來會有許多苦惱。人在秋天，把心情調適好，才能平靜地邁入冬天。冬天是收尾的季節，收得好，人生才真能達到美滿之境。

　　你說什麼？收尾——收尾是屬於冬天的故事，我還不到七老八十，何況現在多的是九十出頭的老人，百歲人瑞也不稀奇。你現在就要我過減少的人生，未免讓我不甘心。雖說菱形人生，一過四、五十歲，高峰已過，但秋天還有一塊最絢麗的顏色——秋天一去冬來到，在冬尚未來到之前，讀書滋潤我們快要枯竭的心靈，讀書是心靈維他命，是靈芝草，它會讓我們延長夏天的蓬勃朝氣，擴充

我們的心靈版圖。人是屬於心的動物，一顆豪氣萬丈的雄心，或是一顆寧靜平和的幸福心，都是我們繼續活在這個世界上的意義。心活，人才值得活，心死，就算還有一口氣，活著也是歹活，活著只是痛苦。

要讓心不死，要讓心充滿希望、幸福或有一種寧靜感，最好的方法就是讀書，聽音樂，接近藝術。讀書可以把我們前半生美好或不美好的人生經驗連接起來，咀嚼美好的，把對人生的感恩和感激重新回味，把思想變成行為，做一些報恩的拜訪。以前幫助過你的人，現在或許正落魄著，他們需要你的協助。以前他們是你的貴人，現在，你可以做他們的貴人。每個人都在期待貴人出現，卻很少人發現，自己其實也可以做別人的貴人。

或許你的生命不順暢，已經五、六十歲的年紀，卻什麼成績也說不上，你感覺憤懣[4]，你在心裡抗議這世界不公平。幸福之神從來不曾眷顧你，反而噩運總是揮之不去。認為自己是一個痛苦的人。你不停地喝酒，發牢騷，不停

4　憤懣：音ㄈㄣˋ、ㄇㄣˋ，氣憤、抑鬱不平。

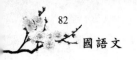
地在老朋友面前罵東罵西，愈放大自己的痛苦，你看來真的像一個一無是處的人。其實千錯萬錯，只有一樣錯，就是你從來不肯進植物園吸收芬多精。植物園，不錯，閱讀，聽音樂，欣賞藝術作品，這三者就是我們都市裡的植物園。一個永遠不進植物園的人，他的胸中吸了太多戴奧辛[5]，於是他吐出來的也是精神的戴奧辛。他放大著自己的痛苦，把痛苦傳染給別人。如果他停止叫喊，靜下心來，打開書，就算是金庸的武俠小說，對他也大有助益，他會發現書中世界真是有趣，有奸臣謀國，也有貪瀆[6]小人，但更多的是行俠仗義之人，俠義永存人間，讀書的人，永遠對世界不灰心。

也有灰心的讀書人，擲書而歎，歎世間之不平——但此時他為書中人而歎，為書中人鳴不平，他已縮小了自己的痛苦，甚至忘了自身的痛苦。

5　戴奧辛：是一種無色、無味而毒性相當強的脂溶性化學物質，很容易溶於並累積在生物體的脂肪組織中，俗稱「世紀之毒」。當燃燒含氯塑膠之廢棄物（如：聚氯乙烯PVC）時，即可能釋出戴奧辛，並會從焚化爐之煙囪排出，在空氣中可以遠距離飄移，沉降至土壤或水體底泥中，被植物或水生動物間接吸收或食入，再透過食物鏈轉移，最後蓄積在生物體。

6　貪瀆：貪愛財物，收取賄賂。

　　讀書真好。年輕時候，我們也讀書，多半讀課內的工具書。許多世界經典，自己國家的名著小說，都因忙碌，無法從書架上拿下來好好欣賞。如今，年齡已達秋天的我們，從職場退休了，讀書正是我們青少年時候的夢。所有我們想讀的長篇鉅著，都可慢慢瀏覽。當然，我們也可以讀些短篇，這世界上多的是充滿哲理的短篇或隨筆小品。甚至，我們完全不必管他什麼人生哲理不哲理，我們如今都是成人，百分之百的成人，可以把以前不能讀，不敢讀的限制級小說翻開來，細讀慢嚥，天啊，即使是情色小說，原來也有那麼多人生奧妙，它一樣讓我們得到啟示，增加智慧。

　　只要文字好的都是好書。一個人讀書讀到為文字著迷，恭禧你，你已經是書國的優質子民，通過了最嚴格的考驗。

　　最初，我們都為了故事讀書，跟著情節跑。若有一天讀到不想情節，只為文字的高檔，流連忘返，此時，你可以打開任何一本書，隨意讀，你已經有了自己讀書的品味，文字不好，你自然就會放下。

　　讀書讀到這種境界，你已經不會害怕冬天在門口拜訪你。當你七老八十，或九十，你正快樂的在讀唐詩宋詞，或莎士比亞的十四行詩，當然，此時你也一定會喜歡新詩，一個讀新詩的老人，他就是一個快樂的老人！

　　人生最後的一段路，是在抵抗髒，抵抗亂，抵抗醜。如果我們心中有詩，峰迴路轉，一切皆能化腐朽為神奇。坐在搖椅裡，一卷新詩落地，伴著小提琴聲，你和世界說再見！菱形人生，你正拉下人生最後一幕；這也是我嚮往的人生結尾。下輩子，我還要做一個讀詩的人，寫詩的人！

賞析

　　本文選自《草的天堂》。菱形是有一組鄰邊相等的平行四邊形，中間大，兩頭小。菱形與菱角的形狀頗有相類之處，都是「中間大，兩頭小」。是以隱地〈菱形人生〉取之以為譬喻，認為「人生像一隻菱角，中間大，兩頭小」，人們往往注目菱形中間最寬廣的部分，但不要疏忽兩頭的尖端－開頭和結尾的部分。年輕時擅長開疆闢土，追求一切有形的無形的，家中的每一樣物品都是一個蒐集的故事。到了下半輩子，要把心情調適好，要開始「學習送和丟」，才能平靜的邁入冬天。

　　人生就像四季，春之青是那麼短暫，夏之火又那麼容易燒盡，當秋的豐收季到來，其實人生的高峰已過。四十歲是人生的分水嶺，四十歲前的人生是「從無到有的追求」，應養成閱讀的習慣。四十多歲的中壯年是人生的顛峰期，應讓精神生活和財富並進。到了後半部的人生，則是「從有到無的省悟」，面對的是「縮小的人生」，應追求健康和心靈寧靜。

　　人生旅程看似漫長，但回頭緬懷，又何其匆匆！如何讓邁向冬天的人生，有一個漂亮的「收尾」？正如文中所說的：「心活，人才值得活。」讀書可以滋潤我們快要枯竭的心靈，讓我們能持續享有那菱形最寬厚的夏日時光、秋季豐收。所以，「要讓心充滿希望、幸福或有一種寧靜感，最好的方法就是讀書，聽音樂，接近藝術。讀書可以把我們前半生美好或不美好的人生經驗連接起來，咀嚼美好的，把對人生的感恩和感激重新回味，把思想變成行為，做一些感恩的拜訪。」冬天是收尾的季節，收得好，人生才真能達到美滿之境。

　　〈菱形人生〉是在悲觀與樂觀的糾結中豐富自己，人不可能永遠處在潮起的浪頭上，當潮落的時候也要能淡然處之。人生，看透不如看淡。閱讀與書本的價值，千古不變。讀書的人永遠對世界不灰心，如果我們心中有詩，一切皆能化腐朽為神奇。這就是〈菱形人生〉參透出的生活智慧與人生哲理。

問題與討論

1. 楚漢相爭中，項羽兵困垓下。若換成你是項羽，讓你重回當時四面楚歌的場景，你會做什麼選擇？原因為何？

2. 陶淵明不為五斗米折腰，辭官歸田，在農村過著躬耕自資的田園生活。請就〈歸園田居〉五首之三這首詩：「種豆南山下，草盛豆苗稀。晨興理荒穢，帶月荷鋤歸。道狹草木長，夕露沾我衣。衣沾不足惜，但使願無違。」揣摩一下陶淵明務農時的心境。

3. 《白鹿洞書院學規》的教育宗旨在於力行人倫之常的「五教」，請問內容為何？這「五教」還能運用在現代社會嗎？

4. 〈閱讀使你爬上巨人的肩膀〉中告訴我們，閱讀有何好處？

5. 在〈菱形人生〉中，作者提到「要讓心充滿希望、幸福或有一種寧靜感」的方法有哪些？

延伸閱讀

1. 〈墨池記〉　曾鞏

2. 〈觀書有感〉二首　朱熹

3. 〈三種成長〉　王鼎鈞

4. 〈文學－白楊樹下的倒影〉　龍應台

第三單元　生活適應

窗／亮軒 ··· 89

圬者王承福傳／韓愈 ································· 101

幽夢影選／張潮 ································· 109

莊子選：材與不材之間／莊周 ················· 113

秋雨落在陌生的平原上／楊牧 ················· 119

導言

　　本單元主題，為「生活適應」。人與外在環境（社會及自然）的和諧愉悅與否，包括：學習或工作適應、自我適應、常規適應、人際適應等四個面向。有良好生活適應的人，擁有改變環境及自我調整的能力，並能發揮其省思能力，用來審視自己的生活，調適自己過有意義的生活，並能積極面對現實，有效解決問題。

　　依此主題，本單元選錄下列篇章：亮軒〈窗〉，作者藉由一扇窗回憶父親的身影，感悟自己與父親之間，那與生俱來、不能割斷的親情，可以借以探討家庭適應問題。唐代韓愈〈圬者王承福傳〉，通過立傳和議論來表達自己理想的人格，也可以針對社會分工下所形成的各種現象，討論現代人的工作適應問題。清代張潮《幽夢影》選，第一節內容善取生活中的人事物為學習對象，或為情性怡養，或為美感享受，或為交友相長；第二節內容，在說明為人處世的修養方法，對於生活環境及與朋友人際的相處及交往的關係適應，有很好的啟發性。東周時期莊周《莊子》選：〈材與不材〉，說明唯有不執著於「處於材與不材之間」，才能達到「逍遙無待」的自由境界，可以無所窒礙地回應生活上無窮無盡的變化。楊牧〈秋雨落在陌生的平原上〉，訴說作者的遊子心靈孤單與寂寞的愁緒，對於家鄉的山川風物，充滿思鄉之情，說明人與外在環境（包括社會環境及自然環境）的適應，可以通過文學創作的昇華，得到紓解與反省。

窗
亮軒

作者

　　亮軒（西元1943年～），本名馬國光，父親是知名地質學家馬廷英。妻子陶曉清引領1970年代台灣民歌運動，被譽為「台灣民歌之母」。兒子馬世芳是台灣知名作家與樂評家。

　　亮軒畢業於國立藝專影劇科，美國紐約市立大學廣電研究所碩士。曾任國立藝專廣電科主任，中廣公司「早晨的公園」等節目製作人及主持人，公共電視《空中張老師》、《兒福百寶箱》等節目主持人，聯合報專欄組副主任，世新大學口語傳播系副教授。曾以「亮軒」與「驄驪」等筆名在報刊雜誌上撰寫專欄。他著述不斷，能言善道，喜愛文學，熱愛生活，手不釋卷，勤於書法與創作。

　　亮軒的創作文類有論述、散文和小說，文筆雋永清新。論述文章是以美學為範疇。散文大抵可分成兩類，一是報章雜誌的評論文章，二是感悟事物之作。前者常借題發揮，析論鞭辟入裡，頗具正義感。後者在感悟之餘，亦別具理性，並饒富諷諭性與幽默感。著作有《情人的花束》、《亮軒極短篇》、《不是借題發揮》、《吻痕》、《亮軒的秋毫之見》、《說亮話》、《風雨陰晴王鼎鈞》、《邊緣電影筆記》、《定風波》、《江湖人物》、《寂寞滋味》、《假如人生像火車，我愛火車》等二十餘種。曾獲中山文藝散文獎，吳魯芹散文推薦獎。

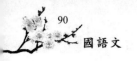
亮軒回憶錄《壞孩子》一書感動兩岸文壇，入圍2011年台北國際書展大獎（簡體版《飄零一家》）。2012年開始於自宅開闢「亮軒書場」，談文學、美學。他說：「學習是一種狂喜，是一種最高級的娛樂，我的書場就是要把這種學習的歡樂傳遞出去。」目前在幼年與父親生活過的市定古蹟「青田七六」老宅擔任志工導覽。

本文

　　從小就耐不住在教室中久坐的人，長大以後，多半也不會喜歡在會議室中開會；可是教室與會議室又常屬人生必不可免的命運，於斯情斯景中，窗子便成了絕處逢生的寄託。只要情況許可，兩隻眼睛總是遙望窗外，景色自然也格外宜人。感謝上帝，我們有窗。

　　除非有不喜歡自由的人，否則便沒有不喜歡窗的人。嬰兒呱呱落地，眼睛只要稍具感應，就要轉向窗口。如果乏人照料，孩子一直躺在搖籃裡，便可能因為側目注視窗口太久，眼珠子的位置產生偏產，便成斜視。聽說大部分的斜視都是因此而來的。窗子唯一的壞處在此，細加推究。似乎也不能單單責怪窗子。漸漸長大，窗子予人的作用，也越形複雜。入學後的同學喚作「同窗」，真是神

來之筆，同窗者，老師台上講課時，兩眼同望窗外之同伴也。科舉時代，苦讀的人少不得要臨窗啃書，那扇窗名之為「寒窗」，有一扇窗便好，寒溫則無需計較，如果窗外行人熙攘，恐怕更加耽誤了前程。而且，雖曰「寒窗」，仍然能夠帶來必要的舒暢，讀書而寒窗，直若缺乏靈塊出入的便道，情況可能演化得極為嚴重。

　　眼睛即是靈魂之窗，窗子也可稱作房屋的智慧了。一座沒有窗戶的建築，看起來像個龐大的白癡，奇怪為什麼偏偏有人要絞盡腦汁設計出這種悲慘的房子。建築學是一門十分深奧的藝術，而藝術又貴在不按理出牌，所以窗子的命運碰到了摩登建築師就很難說了，有的建築師只許窗子透光而不許展露窗外的風景，也許是怕風景搶了室內裝潢的風頭。或者是，把窗子設在高不可及的地方，讓人恨自己不能化作飛鳥。三合院的紅磚房子，窗子特別的窄小，牆壁又厚，於是屋子裡經常陰陰暗暗的，我們這種外行人思索的結果，便只好斷定它是在提醒我們光陰之可貴。

　　光陰固然是毫無疑問的可貴，但生命從窗口流失的絕不為少。記得每回大考之前，總要到學校教室臨窗的座位上去「溫習功課」，頂好是二樓窗口的位子，取其視野開闊也。大考，升學考，都在炎炎長夏中。看不了幾行書，就讓人分不清書上的字跟窗外的樹葉之分別了。所以許多人是讀遍了樹葉回家的，當然第二天還是早早地占位子去。剛坐下，乍見凝眸處，又添一片新綠，不免又要研究半天。一個人只要坐在窗口，似乎就有神馳六合[1]的權利，一點也不必覺得慚愧，但是要他從門口出去，乾脆投入窗外世界，他馬上就會戒慎恐懼起來，想起時光不再等等問題。

　　即使是無景可看的夜晚，窗子依然豐富如銀幕。各種的小蟲，紛紛迎向這一方光明世界，紗窗上有蚱蜢、紡織娘、瓢蟲、金龜子、知了、蜻蜓、蟋蟀等等，另外也少不了壁虎、蜘蛛之類的「猛獸」，可憐這些昆蟲正陶醉在光明中的時候，便冷不妨地被天敵吞食，令人看得驚心動

1　六合：天地及東南西北。《莊子・齊物論》：「六合之外，聖人存而不論；六合之內，聖人論而不議。」後指宇宙或天下、人世間。

魄。悟性高的人，應該曉得收回視線，努力讀書，可惜癡戀窗戶的人，難得有出奇的悟性，因此為「天敵」在考場上淘汰的，也不在少數。

　　像世間大部分的東西一樣，窗子也有其演變。有一點值得注意，窗子的變化，跟窗外的風景倒十分應合。在窗景遼闊，足堪與天地通聲息的環境裡，家家的窗子都有自己的格局，或上呈拱形，或邊有稜角，或是窗格子大小形狀各異，作各種不同花色的配置。小窗則設窗台，大窗則突出屋外，廣納天光，看起來像一方巨型畫框，窗帘啟處，焉能不江山如畫？有時令人不免懷疑，整幢房屋，好像就是為那扇落地大窗而存在的。那樣的窗，直似天地的鏡子。天地發展成了都市，容貌黯淡下來，窗子也就漸漸缺乏生趣了。一座幾十層的高樓大廈，居然有幾百扇一模一樣平平板板的窗，從幾百扇窗的每一扇中望出去，居然又是幾百扇一模一樣平平板板的窗。憑窗而立──值得擺張椅子的窗口已經很罕見了──再也見不到遠山近樹，紗窗上終年只見一層又一層自天而降的塵土，連迷路的螞蟻都撞不到這塊地方來。窗子在過去是讓人眺望的，現在卻因怕

人眺望進來而拉上窗簾。窗變成了牆的延伸，流通空氣的責任，逐漸轉移給抽風機還是冷暖氣機，據說這樣比打開窗子衛生得多。難怪有的建築乾脆一扇窗也不設。

這可不是個小問題，固然問題中人未必發覺到它是個問題

人總是要發楞、要思考、要「靈魂出竅」的。從前，我們儘可以把目光撒出去，有意無意地找一個焦點，然後，停止或開始大腦的活動。現在怎麼辦呢？也許各人有各人的辦法，可以瞪著桌面，或者是白色的牆、重複花紋的壁紙，要不然就注視天花板還是閉上眼睛。但是不論把視線落在何方，都不及透過窗戶。看白雲出岫[2]。樹影搖曳。神馳遠遊，本該有所馳有所遊才行，侷促一室，豈非禁錮？然而在幾百萬人的都市中，卻至少有幾十萬人，一年到頭過著無窗的日子。早上從中央系統空調設備的大廈中走出來，立即鑽入同樣的大廈中辦公。一間一間屋子，格局一同，還可能有隔音設備·充其量牆上掛一幅畫、桌上

2　岫：音ㄒㄧㄡˋ，峰巒。《文選·謝脁·郡內高齋閑坐答呂法曹詩》：「窗中列遠岫，庭際俯喬林。」

擺一件插花，只有從這一點點人工的設計中，汲取一星自然的營養。

幾年前，我在台大七號館教洋學生。七號館是一幢老木樓，語文研習所的教室又隔成許許多多小間，為的是便於小班制、乃至於一人對一人的教學。教師大多面窗而坐，想來也不外乎要讓眼睛透一口氣吧，否則一連幾個小時俯仰於白牆黑板間，書會教得更壞。至於上課時無窗可看的洋學生感受如何，也就不顧了。

我分配到的教室，隔著走廊正好對著一扇窗。每天到校，頭一件事便是打開教室與走廊之間、走廊與校園之間的那兩扇窗子。窗分上下兩片，只能把下面的推上去，無法把上面的拉下來，大概只有五十年前的老建築才有這種窗子了。

坐在教室的座位上，見得到綠紗外的一片草坪，在草坪上，幾塊大石錯落其間，石中拔起比木樓還要高的古松兩株。自然教室中只望得松幹部分，再過去，便是側門與校牆了。這裡來往的人很少，微微起伏著的草地，遇著晴朗的天氣，便懶洋洋地晃動著濃淡有致的樹影。松濤是談

不上的，聽起來卻如詩客任情的吟哦[3]，而這一地的影子，也該算是老松的詩作了吧？其實從那一方小小的窗框子看過去，也真如一幅筆意悠然的行草[4]，或者是類似於禪宗的什麼暗示。

有這麼一扇窗，靈魂出竅的事情也就合理地發生了。課講到中途，突然間心神會整個的逸入茫茫太虛[5]，最後總在洋人錯愕的臉上找回自己。

湊巧父親也在這座學府中教了半輩子的書，父親是真正的根植於此，不像我這樣，只在免費借給洋人的校舍中做個過客。那個時候父親已經退休，但是研究室校方尚未收回。父親一兩天總是要到研究室去一趟，對他而言，已經無所謂研究不研究，就好像無所謂學校與家一樣。不曉得可不可以用得上「冥冥中的安排」那句話，窗外，竟是父親到研究室的必經之路。

3　吟哦：吟詠。《宋史・儒林傳・何基傳》：「讀詩之法，須掃蕩胸次淨盡，然後吟哦上下，諷詠從容。」

4　行草：介於行書、草書之間的一種書法字體。可以說是行書中帶有草書的體勢。《全唐文・張懷瓘・書議》：「行書非草非真，在乎季孟之間；兼真者謂之真行，帶草者謂之草行。」

5　太虛：虛無縹緲的境界。

　　我因成家，早早便不與父親同住一處，兼以無法逃遁的忙碌與疲倦，彼此住得雖然不遠，幾個星期不得見面是常事。然而天可憐見，我總是看到父親踽踽[6]獨行的身影，在那片古松的濃蔭下。灰布長衫迎風飄拂，步履遲緩蹣跚[7]；從陽光中走入這一片翠綠，又從翠綠中走出陽光。漸行漸遠；一霎間我心頭蕩漾起千般悲緒，不僅悲於父親的衰老與自己的不孝，猶且愁入人生必不可免的無奈。畫面在一陣惶惑中歸於平靜，兩株松幹聳立在碧草松痕上，一若秦關漢月映照於黃河流水。

　　何其有幸，我心底竟擁有如此的一扇窗，雖然它也十分的感傷。

6　踽踽：音ㄐㄩˇ ㄐㄩˇ，孤單行走貌。《詩經・唐風・杕杜》：「獨行踽踽，豈無他人，不如我同父？」

7　蹣跚：音ㄇㄢˊ ㄕㄢ，又音ㄆㄢˊ ㄕㄢ，也作「盤跚」，形容步伐不穩，歪歪斜斜貌。

析

　　本篇選自亮軒散文集《假如人生像火車・我愛人生》。「窗」是建築物最常見的構造與設計。「窗」除了作為房屋中用來透光通氣的洞孔外，可以有不同的形狀，而具有不同的意義。作者以細膩的觀察力，探索「窗」與人們有著密切的關聯，及它對人們的哲學意義，筆觸自然、用語親切，說理中帶有幽默感。

　　作者舉嬰兒出生，眼睛只要稍具感應，就要轉向窗口，來說明「窗」與人們之間的自然情感。作者又說：「除非有不喜歡自由的人，否則便沒有不喜歡窗的人。」人們喜歡「窗」是源於生命自由的本能，「窗」代表著人們心靈對自由的嚮往。再者，說明「同窗」與「寒窗」二者的不同涵義。當學子臨窗苦讀時，光陰也從窗口流逝了。「同窗」與「寒窗」是學子的成長過程，作者將「窗」與「光陰」二者之間串連出微妙關係。

　　作者說：「眼睛即是靈魂之窗，窗子也可稱作房屋的智慧了。」將窗子作為房屋的智慧象徵，也強調窗與人們之間的重要關係，再者，批評摩登建築師，可能只在乎室內裝潢，而忽略窗子與人們的關聯性，或對人們的意義，只許窗子透光而不許展露窗外的風景，有如斷絕人與自然聯繫，封閉嚮往自由的心靈。

　　作者觀察到各種窗子的造型、窗外景物的變化、窗子在建築物上的藝術表現，「像世間大部分的東西一樣，窗子也有其演變。有一點值得注意，窗子的變化，跟窗外的風景倒十分應合。」如果將「眼睛即是靈魂之窗」反過來說，窗子像人的眼睛，窗外的風景，是見山是山，或是見山不是山，不就是心靈成長的映現嗎？作者以個人的經驗，道出人們對於窗景的依賴情感，以及窗景予人無限的禪趣，是生活中心領神會的收穫。

　　最後，作者藉由一扇窗回憶父親的身影，感悟自己與父親之間，那與生俱來、不能割斷的親情，油然興起「樹欲靜，而風不止；子欲養，而親不待」的懺悔與感傷。

圬者王承福傳

韓愈

作者

　　韓愈，字退之，唐河南河陽（今河南省孟縣）人，郡望昌黎，自稱昌黎韓愈，世稱韓昌黎。生於唐代宗大曆三年（西元768年），卒於穆宗長慶四年（西元824年），享年五十七歲，諡號文，世稱韓文公。又因昌黎（今河北省境內）為其郡望，為文常自稱昌黎韓愈，宋神宗元豐年間追封他為昌黎伯，故世稱韓昌黎。

　　韓愈出生未幾，母親過世，三歲喪父，受兄嫂撫育。韓愈至七歲才開始讀書，十三歲能寫文。早年刻苦為學，盡通六經百家之書，德宗貞元二年（西元786年）赴長安應試，三試不第。貞元八年（西元792年）始中進士。應吏部試，又三次不中。貞元十二年（西元796年），擔任「觀察推官」，期間與孟郊交遊，李翱、張籍入其門下。貞元十七年，任國子監四門博士。貞元十九年任監察御史，因關中旱災，上〈御史台上論天旱人饑狀〉，糾彈國戚京兆尹李實，遂貶為陽山令，深受百姓愛戴，百姓甚以「韓」字，為兒取名。憲宗元和六年（西元811年）任國子博士，作〈進學解〉，受重臣裴度賞識，擢為禮部郎中。元和十四年（西元819年），因憲宗將佛骨迎入宮中供養三日，作〈諫迎佛骨表〉乃貶為潮州刺史（今廣東潮州）。因縣城東北鱷魚為患，韓愈作〈祭鱷魚文〉投入河水祭鱷魚。韓愈在潮州，用心治民興學，及其卒後，當地乃建韓文公廟供奉。唐穆宗即位後，韓愈奉旨回京，歷任國子監祭酒、兵部侍郎、吏部侍郎、京兆尹兼御史大夫等職，世人又稱其為「韓吏部」。

　　韓愈文章以排斥佛老，闡明儒家之道為宗旨，與柳宗元倡導古文運動，反對六朝以來的駢文文風，主張恢復三代兩漢自然質樸的文體，並蔚為一時風氣。蘇軾在〈潮州韓文公廟碑〉中以「文起八代之衰，道濟天下之溺」，稱讚他在改革文學及宏揚儒道的貢獻。

　　韓愈的散文氣魄雄渾，語言精練，備受後人推崇。明茅坤選錄韓、柳、歐、曾、王、三蘇的作品，為習文的楷模，尊他為「唐宋古文八大家」之首。他的詩則喜用奇字、造拗句、以文入詩，為唐代「奇險派」詩人之一。著作有《昌黎先生集》。

本文

　　圬[1]之為技，賤且勞者也。有業之，其色若自得者。聽其言，約而盡[2]。問之：王其姓，承福其名。世為京兆長安[3]農夫。天寶之亂[4]，發[5]人為兵。持弓矢十三年，有官勳。棄之來歸，喪其土田，手鏝衣食[6]，餘三十年。舍[7]於市之主人，而歸[8]其屋食之當焉，視時屋食之貴賤，而上下其圬之傭[9]以償之，有餘，則以與道路之廢疾餓者焉。

　　又曰：「粟，稼而生者也，若市與帛，必蠶績[10]而後成者也，其他所以養生之具，皆待人力而後完也，吾皆賴之。然人不可遍為，宜乎各致其能以相生也。故君者，理我所以生者也，而百官者，承君之化者也。任有大小，惟

1　圬：塗飾牆壁。圬者，即一般所稱的「泥水匠」。

2　約而盡：意指簡單而明白。

3　京兆長安：長安是唐朝的首都，唐於首都設京兆府，京兆尹即首都市長。

4　天寶之亂：唐玄宗天寶十四年（西元755年），安祿山、史思明反叛。次年，攻陷長安，玄宗出奔四川，史稱安史之亂。

5　發：徵召。

6　手鏝衣食：做泥水工來維持生活。手，操持。鏝，音ㄇㄢ丶，塗抹牆壁所用的工具。

7　舍：居住。

8　歸：於本文作「繳納」之意，即用做工所得之工資，繳回應納的食宿費用。

9　傭：報酬。

10　蠶績：養蠶紡績。

其所能，若器皿焉。食焉而怠其事，必有天殃，故吾不敢一日捨鏝以嬉。夫鏝，易能可力焉，又誠有功；取其直[11]，雖勞無愧，吾心安焉；夫力，易強而有功也；心，難強而有智也，用力者使於人，用心者使人[12]，亦其宜也。吾特擇其易為無愧者取焉。

嘻！吾操鏝以入富貴之家有年矣，有一至者焉，又往過之，則為墟[13]矣；有再至三至者焉，而往過之，則為墟矣；問之其鄰，或曰：「噫！刑戮也。」或曰：「身既死，而其子孫不能有也。」或曰：「死而歸之官也。」吾以是觀之，非所謂食焉怠其事，而得天殃者邪？非強心以智而不足，不擇其才之稱否而冒之者邪？非多行可愧，知其不可而強為之者邪？將富貴難守，薄功而厚饗之者邪？抑豐悴[14]有時，一去一來，而不可常者邪？吾之心憫焉，是故擇其力之可能者行焉。樂富貴而悲貧賤，我豈異於人

---

11 直：值也。

12 用力者使於人，用心者使人：指勞力之人，受他人指揮，勞心之人，指揮他人，譬喻人在社會各有分工。語出《孟子‧滕文公》：「勞心者治人，勞力者治於人。」

13 墟：荒廢之地。

14 豐悴：盛衰。悴，音ㄘㄨㄟˋ，衰弱。

哉？」又曰：「功大者，其所以自奉也博，妻與子，皆養
於我者也，吾能薄而功小，不有之可也。又吾所謂勞力
者，若立吾家而力不足，則心又勞也。一身而二任焉，雖
聖者不可能也。」

　　愈始聞而惑之，又從而思之，蓋賢者也，蓋所謂獨善
其身[15]者也。然吾有譏焉，謂其自為也過多，其為人也過
少，其學楊朱[16]之道者邪？楊之道，不肯拔我一毛而利天
下。而夫人以有家為勞心，不肯一動其心以蓄其妻子，其
肯勞其心以為人乎哉？雖然，其賢於世之患不得之而患失
之[17]，以濟[18]其生之欲，貪邪而亡道，以喪其身者，其亦遠
矣！又其言，有可以警余者，故余為之傳而自鑒[19]焉。

---

15 獨善其身：保持個人的節操修養。後比喻只顧自己而漠視他人的權益。語出《孟子‧盡心上》：「窮則獨善其身，達則兼善天下。」

16 楊朱：戰國時衛人。其書不傳，僅散見於《列子》、《孟子》諸書中。其學說主張「為我」、「拔一毛而利天下不為也」。

17 患不得之而患失之：指鄙陋之人，面對事務，心情上患得患失，既怕不能獲得利益，又怕失去利益。語出《論語‧陽貨》：「子曰：『鄙夫可與事君也與哉？其未得之也，患得之，既得之，患失之！』」

18 濟：滿足。

19 自鑒：自我警惕。

析

〈圬者王承福傳〉，大約成於唐德宗貞元十七年（西元801年），傳記主王承福的立身行事有其特異之處，引發作者關注，於是為他專程寫下了這篇傳記，然而作者立意本在議論，又通過議論來表達自己理想的人格。其後本文輯入宋刻《昌黎先生集》卷十二中，《古文觀止》和許多《唐宋八大家》的散文彙編集中，也大多收錄了這篇文章。

在封建時代，人們對於勞心或勞力的價值觀念，通常源自《孟子》：「勞心者治人，勞力者治於人」的判斷。本文的傳記主人，作為泥瓦匠以出賣勞動力為生，處於社會底層，生平事蹟幾乎難以載入史冊，替他們樹碑立傳機率也不大。然而，作者卻肯一反常態為名叫王承福的泥瓦匠立傳，題目為〈圬者王承福傳〉，千年之後，我們可以藉由這篇傳記，能瞭解到當時這位泥瓦匠的想法和思想情操。

首段，韓愈介紹王承福，世代為長安農夫的出身，只留下兩個基本的印象：一是他淡泊功勳富貴。本在戰場上立過功業，可以享受功勳的，但他捨棄政府的照顧。其二是淡泊名利，他本想回鄉種田，因為戰亂喪失了田地，不得已當粉刷牆壁的泥瓦匠，辛苦的勞力所得，除了基本的生活開銷，就是施捨給殘疾貧困的弱勢者。

第二段，王承福表示，社會分工的責任有大有小，如同器皿的大小不一，各有其用途，需要各盡自己的本分去做。所以他努力做好自己的工作，取得應有的收入，雖然辛苦但心安理得十分坦蕩，饒富哲理的一段人生感悟。

第三段，王承福因工作關係，經常出入達官貴人的府第，替他們整修房屋，對富貴人家的興衰，也有更深沉的感慨。有些人家，因為富貴而惹來殺戮；有些富貴人家子孫，則不能守住祖先家業。他的觀察認為：光吃飯不

做事，必然遭逢天降的災禍；勉強自己去做才智不到位的事，或者勉強去做與才智不相稱的事，即使得到富貴也很難長久。所以，他寧可老實做好自己的本分工作，絕不心存非分，以至於大小事全都落空。他懂得人的能力有大小，或勞心或勞力，有多少能力就辦多少事，千萬不要超越自己的負荷。

最後一段，韓愈把王承福的想法歸類為「楊朱學派」，批評他屬於「獨善其身」「不肯拔我一毛而利天下」的那類人，反映出韓愈似乎以「勞心者」的立場，揣度「勞力者」的價值世界，不免有失之武斷的階級意識。然而，幾經反覆思考，比起那些「利益擺中間，道義放兩旁」又患得患失的人，韓愈客觀評價王承福的人品相對高尚，故讚許他為「蓋賢者也」。

從整體結構與內容來看，通篇行文抑揚錯落，摹寫人物頗富情致，論說波瀾起伏有理有據。首段，用「圬之為技，賤且勞者也」的議論句開篇，內容則以敘述為主；中間的二、三兩段，則圍繞「食焉怠其事」，鞭撻勞逸不均的社會現象，引發議論，期間又穿插了傳主操鏝入富貴興衰無常的生動觀察，內容上採夾敘夾議，借王承福之口來為自己的觀點說話；末段則為純議論形式，也點出以避免「貪邪而亡道，以喪其身」作為自警的題旨。這種寫作方法，讓議論人成為旁觀者，想法看似出自他人，使自己成為客觀的評論者，從而增強作者觀點的說服力，文章布局看似平常實則高妙，值得細細玩味。

幽夢影選

張潮

 作者

　　張潮（西元1650～1707年），字山來，一字心齋，號仲子，別號心齋居士，自稱三在道人，寓有「天地人三才俱在」的意義。安徽省歙縣人。生於清順治八年，卒於清康熙四十六年，享年五十八。著名的文學家、小說家、刻書家，在當時是名重一方的文壇領袖。

　　張潮先祖家業興盛，然自祖父亡故後，生活陷入困頓。張潮父親於順治己丑年方登進士（西元1649年），當時已四十四歲，貧困的家境始得緩解，隔年才生下張潮。

　　張潮天資聰穎，秉持「簡明樸實與書香傳承」的家訓，好讀書，博通經史百家言論。十三歲起到二十六歲左右參與科舉考試，然因崇尚自然，追求性靈，不喜八股文，故仕途坎坷，終其一生，僅獲歲貢資格，做過翰林孔目的小官。康熙三十八年（西元1699年），為一件政治案牽連被捕下獄，不久被釋放。同年，掉到洞穴中，折斷了腿，自此以後，生活起居就持續不如意。

　　張潮交友廣闊，常「以文會友」，分享生活中的嗜好與感受，與孔尚任、冒辟疆、余懷、孫致彌、石龐、江之蘭、尤侗、陳定九、黃周星等人有詩文往來。

　　張潮工詞賦，兼擅小品文，著有《幽夢影》、《奚囊寸錦》《張山來詩集》等，內容深長，風格簡單，廣為眾人重視。亦編輯評定的叢書有《檀几叢書》、《昭代叢書》、《虞初新志》、《曹陶謝三家詩》等。

本文　　　　（一）

1. 讀經宜冬，其神專也；讀史宜夏，其時久也；讀諸子[1]宜秋，其致別也；讀諸集[2]宜春，其機暢也。

2. 春聽鳥聲，夏聽蟬聲，秋聽蟲聲，冬聽雪聲。白晝聽棋聲，月下聽簫聲。山中聽松風聲，水際聽欸乃[3]聲。方不虛生此耳。若惡少[4]斥辱、悍妻詬誶[5]，真不若耳聾也。

3. 對淵博友，如讀異書[6]；對風雅[7]友，如讀名人詩文；對謹飭[8]友，如讀聖賢經傳；對滑稽友，如閱傳奇小說[9]。

1　諸子：原指先秦時期各家學派，這裡指儒家經部以外的各家著述。
2　集：指古代圖書分類的集部著作，包括歷代作家個人或多人的散文、駢文、詩、詞、散曲等著作。
3　欸乃：行船搖櫓聲。
4　惡少：指無賴流氓。
5　詬誶：音ㄍㄡˋ　ㄙㄨㄟˋ，辱罵埋怨。
6　異書：這裡指罕見的典籍。
7　風雅：談吐儀態文雅。
8　謹飭：端正嚴謹。
9　傳奇小說：指唐人傳奇以及其後用此體創作的小說。亦指傳述奇聞異事的小說。

（二）

1. 入世須學東方曼倩[10]，出世須學佛印了元[11]。

2. 律己宜帶秋氣[12]；處世宜帶春氣[13]。

3. 不治[14]生產，其後必致累人；專務交遊[15]，其後必致累己。

4. 凡事不宜刻[16]，若讀書則不可不刻；凡是不宜貪，若買書則不可不貪；凡是不宜癡[17]，若行善則不可不癡。

---

10 入世須學東方曼倩：為人處世要學西漢文學家東方朔（字曼倩）的幽默。

11 出世須學佛印了元：要超脫塵俗的羈絆，要學宋代佛印禪師（法名了元）的灑脫。

12 秋氣：所謂秋，氣候肅殺。秋氣，指嚴格之氣。

13 春氣：指溫和之氣。

14 治：經營。

15 專務交遊：致力於交際。

16 刻：嚴苛。

17 癡：通「痴」，沉迷。

析

　　本文選自《幽夢影》。《幽夢影》是張潮對自然、人生的觀察與體會。內容包括自然風物、治學方法、品德修養、交遊之道等，充滿生活美學、處世哲學與生命感悟。全書以二百一十則，深入淺出的格言、箴言、語錄形式呈現，具有「幅短而神遙，墨希而旨永」的風格特色，也可作為內心觀照與處世方針的作品。

　　《幽夢影》一書，並未歸類，本文為發揚旨趣，歸為二節。第一節內容主旨在善取生活中的人事物為學習對象，或為情性怡養，或為美感享受，或為交友相長。不同的人事物，會引發不同的感受，惟有心領神會，才能體悟其中妙趣。第一、二則，敘述四時流轉有其風候之美，也有合宜的時序活動，如春天萬物欣榮，而文學令人情懷感蕩，在春天適宜閱讀文學作品。張潮描述時間與適宜的活動，其內在意義是種天人之間的氣機相應。第三則將不同類的朋友比喻為閱讀不同的書籍，看是用於為學，也用於觀世。

　　第二節內容在說明為人處世的修養方法。第一、二則，在描述人格修養除了嚴以律己，寬以待人，也可以超脫人我對立的態度與方式，達到瀟灑自在、和諧相容的境地。張潮在《幽夢影》表現的思想，兼具了儒家入世，與道家超世的精神，這也是張潮在人格修養上，較一般人通達的地方。第三、四則，描述對生活事物該具有就當具有，但不貪求、不痴迷，惟有讀書、行善可以認真積極。讀書可以陶冶品行，充實自己；行善可以廣結善緣，增進幸福。

　　本文皆屬格言式的文體。格言的文章是用簡潔的語言來表現深具哲理的警語或箴言，大都篇幅短小，且用對偶與排比，具有形式典雅、音節和諧的美感，易讀、易記。如張潮的《幽夢影》，及洪自誠的《菜根譚》是格言作品的代表，在抒發人生感悟、探討生命，有寓意深遠、引人共鳴的效果。

莊子選：材與不材之間

莊周

 者

　　莊子（約西元前369年～前286年），名周，生卒年代不詳，約與孟子同時。戰國時代宋國蒙（河南商丘）人，司馬遷《史記・老莊申韓列傳》：「周嘗為蒙漆園吏，與梁惠王、齊宣王同時。其學無所不窺，然其要本歸於老子之言。故其著書十餘萬言，大抵率寓言也。…其言洸洋自恣以適己，故自王公大人不能器之。」

　　《漢書・藝文志》記載《莊子》有五十二篇，原認為《莊子》全部為莊子所著。從宋代起，透過考證認為，〈內篇〉七篇為莊子本人所作，而〈外篇〉十五篇，〈雜篇〉十一篇的文字，有莊子弟子著作摻雜其中，或其學派後人的傳述，非出於一人之手，但通篇基調一致，是承繼莊子學說的重要文獻，也是從《莊子》到《淮南子》之間道家思想的橋梁。

　　據《外篇・秋水》記載，相傳楚威王聞莊子賢，厚幣迎為宰相，卻遭拒絕。與惠施往來交好，時相論辯。聚徒授業，終身不仕。他一生淡泊名利，主張修身養性，清靜無為，順應自然，追求精神逍遙無待。後世將他與老子並稱為「老莊」，唐玄宗天寶初（西元742年），詔封莊周為南華真人，稱其著書《莊子》為《南華經》。在《四庫全書》之中為子部道家類。

　　莊子行於山中，見大木，枝葉盛茂，伐木者止其旁而不取也。問其故，曰：「無所可用。」莊子曰：「此木不材得終其年。」

　　夫子出于山，舍于故人[1]之家。故人喜，命豎子[2]殺雁[3]而烹[4]之。豎子[5]請曰：「其一能鳴，其一不能鳴，請奚殺[6]？」主人曰：「殺不能鳴者」

　　明日，弟子問於莊子曰：「昨日山中之木，以不材得終其年；今主人之雁，以不材死；先生將何處[7]？」

　　莊子笑曰：「周將處乎材與不材之間。材與不材之間，似之而非也，故未免乎累。若夫乘道德[8]而浮游則不

1　故人：舊友，朋友。
2　豎子：同孺子，即童僕。
3　雁：鵝也；《說文解字》：「鵝，雁也。」鵝由雁馴化成，故亦稱鵝為雁。
4　烹：享也，與「饗」通。古書享作饗，烹亦作亨，故釋文誤讀為烹，今本遂改亨為烹。
5　豎子：童僕。
6　請奚殺：即「請問殺何？」的倒裝。
7　何處：如何自處。指在材與不材間選擇哪種以立身自處。
8　乘道德：指順應自然。

然。無譽無訾[9]，一龍一蛇[10]，與時俱化，而無肯專為[11]；一上一下[12]，以和為量[13]，浮游乎萬物之祖；物物而不物於物[14]，則胡可得而累邪！此神龍黃帝之法則也。若夫萬物之情，人倫之傳，則不然。合則離，成則毀[15]；廉則挫，尊則議[16]，有為則虧，賢則謀，不肖則欺，胡可得而必乎哉！悲夫！弟子志之，其為道德之鄉乎！」

9　訾：音ㄗˇ，毀謗也。

10　一龍一蛇：在此比喻人的顯貴（出）或隱居（處），應隨著不同的情況而有所變更。龍，出也；蛇，處也。

11　無肯專為：不偏滯於任何一個固定點。為，句末語助詞。

12　一上一下：一進一退。

13　以和為量：以順應自然為法則。和，順。量，法則、法度。

14　物物而不物於物：利用物而不受制於物。第一個物為名詞的意動用法，意為「以……為物」；第二個物為名詞，即為通常之物的意思。「物物」的意思就是以物為物，這就是說物就是物，沒有人為的東西施加於其上，物就是純然本然的物。第三個物是動詞，意為「物役」；第四個物為名詞，同第二個物。「物於物」的意思就是被物所物役，這就是說人被物所奴役，成了物的奴隸。

15　合則離，成則毀：合則離之，成者必毀。

16　廉則挫，尊則議：按：廳堂的側邊曰「廉」，角謂之「隅」，此句意為有廉隅則被剉傷，崇高必傾側。挫，當作「剉」，折傷也。議，音ㄜˊ，傾也。

析

　　對於本文的理解，需全面掌握《莊子》的原始精神，尤其是「無用之用」哲學的體悟與把握。「無用之用」哲學主要集中在〈逍遙遊〉、〈人間世〉、〈山木〉及〈外物〉等篇。處在紛亂的戰國時代，「無用之用」是莊子的處世哲學。惟有「無用」於世，與世無爭，韜光養晦，才能遠禍以全生。然而，「全生」的概念，在莊子的哲學裡，並非僅止於終其天年或保全生命，更重要的意義是在於精神層面上能「順乎本真天性，乘道德而浮游」的超越，以達絕對的自由與逍遙的「全」。

　　在《莊子・逍遙遊》篇中，闡述「無用之用」的思想，針對惠子「瓠大無用」之言論，莊子予以「夫子固拙於用大矣」作為回應；並以「不龜手之藥」為例，「或不免於洴澼絖，則所用之異也。」說明同樣有不龜手的藥方，可用來保護皮膚，有人可善用而獲致裂土封侯，有人卻因為拙於用，而世代淪落為漂洗業（古代河邊洗衣為業）。

　　莊子於〈人間世〉篇中透過「商丘大木」的故事，說明對「不材無用，是以為大用」的體認。商丘之木的「不材」，在實用價值上全然「無用」。然而，南伯子綦卻以超越世俗功利的眼光，直言「此木必有異材」，反而能免於斤斧之伐，可以蔭庇千乘，甚而全生保性。

　　本文出自〈山木〉篇，同樣記載著「山中之木」以其「不材」而終其天年，此與「櫟社樹」及「商丘之木」相似，都在強調大木之「無用之用」。然而，「無用」未必真能全生，「不材」亦非得以全然免禍。本篇寓言中，卻又安排家雁因其不能鳴，由於「不材」而反遭被烹殺的命運。二者皆是「不材」，而結果卻迥然不同。伐木者，以大木「無所用」，故不取也，山木因無用而得以終其天年；殺雁者，則因有雁不能鳴，無以示警，而視之為「無用」而殺之。莊子借弟子之口，對於「不材可以全生」提出質疑，莊子

則笑著回答：「周將處乎材與不材之間」，對於「用」與「無用」都不能遠害全生的「兩難問題」，作出邏輯上違反「排中律」的回應。

　　莊子在提出「材與不材之間」後，緊接著又有感而發說「似之而非也，故未免乎累」的言論。蓋人處於「材與不材之間」，看似可以免除禍患，實則仍不免為世俗所累。「材與不材之間」，似是超越了「材與不材」相對的二元概念，然若仍舊偏執於「之間」，則又陷入另類的相對兩難困境。是以，莊子又提出「乘道德而浮游」，唯有超越「材與不材」及其「之間」的對立，方可求生命能免乎「累」。

　　莊子深諳世人的執著，因此莊子在文末提出超越「材與不材」，唯有不執著於「處於材與不材之間」，才能達到「逍遙無待」的自由境界，體現為「乘道德而浮游」的超越，進而順其自然，能夠與時俱化，「物物而不物於物」方得以擺脫偏滯之累，可以無所窒礙地回應人世間無窮無盡的變化。

秋雨落在陌生的平原上

楊牧

作者

　　楊牧（西元1940年～），本名王靖獻，台灣花蓮人，為著名詩人、散文家、評論家、翻譯家及學者。早期筆名為葉珊，楊牧畢業於東海大學外國語文學系，親炙徐復觀、陳世驤；愛荷華大學創作碩士，美國柏克萊加州大學比較文學博士。曾於麻州大學、西雅圖華盛頓大學任教職，國立東華大學教授兼人文社會科學院院長，中央研究院中國文哲研究所所長，現任國立政治大學台灣文學研究所講座教授。

　　西元1966年，楊牧赴柏克萊攻讀博士學位，見證美國六零年代學生運動，三十二歲改筆名為楊牧，嘗試以詩作介入社會反省，作品風格亦為之轉變；作品在原有浪漫抒情之外，從憂鬱沉靜抒發一己之懷，轉而批判社會時事。五十餘年來，楊牧不斷推陳出新，無論詩、文，其作品主題，反映作者特殊的生命情調與文學關懷。

　　楊牧自十九歲起，即致力於散文與詩的創作，早年筆名葉珊，為浪漫主義詩人，以「葉珊」為筆名，在《現代詩》、《藍星詩刊》、《創世紀》、《野風》等詩刊發表創作，其敏銳性和對文字的掌握能力，受到現代詩壇的矚目。西元1960年，藍星詩社出版了他第一本詩集《水之湄》，確立了他在台灣現代詩壇的地位。詩人向陽認為：「他的詩既具敘事的宏偉，又兼抒情的婉約，出入古典與現代之間，跌宕於傳統與西方之間，毫無澀滯之感，為台灣現代詩的完熟建立了可供學習的典範。」著名的詩集有《花季》、《燈船》、《非渡集》、《傳說》、《吳鳳》、《有人》、《瓶中稿》、《年

輪》、《北斗行》、《楊牧詩集1950~1974》、《禁忌的游戲》、《海岸七疊》、《時光命題》等。

　　至於散文風格,則在典麗唯美的辭藻中,融入知性的抒情與感性的批判,兼顧了修辭與造境,豐富了台灣抒情散文的傳統。幾十年來,他創作不斷,也獲獎無數,著名的散文集有《葉珊散文集》、《搜索者》、《山風海雨》、《年輪》、《山風海雨》、《星圖》及《亭午之鷹》等。

　　還記得昨天拂曉車過鹽湖城[1],那四週平坦的大地使我以為是舟行湖中,或是海洋,或是沙漠;但那只是「遙遠」——有一次瘂弦[2]對我說:「遙遠,甚麼叫遙遠?到了河南以後,平原無際,你才知道甚麼叫遙遠。」秋雨落在陌生的平原上,我已體會到遙遠的涵義;不在河南,不在湖北,而在異國一個籍籍無名的大州。而那「遙遠」兩個字已不只是兩個方塊字。那裡隱藏著被剝奪和被壓抑的無

1　鹽湖城:(Salt Lake City, S.L.C.),是美國猶他州的首府和最大城市,是美國的金融中心,城市以工業為主,電子產業和生物技術也相當發達。

2　王慶麟:筆名瘂弦,是一位現代詩作家。他於1960年代同其他著名詩人崛起,作品充滿超現實主義色彩且富有音樂性,表現出其悲憫情懷,以及對於生命甜美之讚頌,還有對現代人類生命困境之探索。

奈；我仍不停地懷想著一個又一個飲茶的下午，和掛懸竹簾的窗。

雨水也是溫暖的。但那是異鄉的雨水，落著，落在外邦生長農作物的土地上。幾天來看到的和聽到的，都是些陌生的點點滴滴，那綿亙一派土黃色的洛磯山風景線，也是破碎的點滴，如同石濤[3]的畫，或是王粲[4]的詩。我所掌握到的浮光再也營養不了自己，只為看不到的，聽不到的萬里以外的一草一木興懷生悲──更不用說羽毛河的深淵和內華達州蒼涼的沙原了。閉起眼睛來，最清晰的仍是北台灣俯瞰時幾分鐘長如永生的翠綠和黛玉。江山如畫，乍離時，心隨上揚的機身做等速度的下降。接著我們只有不可分際的藍天和大海，幾朵浮雲，也如家鄉小溪流裡的游魚。

---

3 石濤：清初畫家，原姓朱，名若極，廣西桂林人，祖籍安徽鳳陽，小字阿長，別號甚多，如大滌子、清湘老人、苦瓜和尚、瞎尊者，法號有元濟、原濟等。與弘仁、髡殘、朱耷合稱「清初四僧」。石濤是中國繪畫史上一位十分重要的人物，他既是繪畫實踐的探索者、革新者，又是藝術理論家。

4 王粲：（西元177～217年），字仲宣，東漢山陽高平（今山東省微山縣）人。擅長辭賦，建安七子之一，被譽為「七子之冠冕」。

　　我們在鄰座一位學植物病蟲害女生的啜泣聲裡甦醒過來，打開窗簾，有人說：「那不是地理書上的琉球群島嗎？」羅列的罩在黃海面煙雲中的琉球群島，像是一叢積苔的卵石，像一個小池塘，那年春天，一個小池塘所呈獻給我們的驚訝。也在那春天，我們行過金門島最寬闊的一片沙地，執著蘆葦桿，以軍官的姿態指揮著一個現地沙盤的製作，偶然發現一方小小的池塘，和塘上積著幾個秋季的野草。平龢說：假如我們還可能在黃昏時候來這水邊垂釣？陽光在琉球群島淺淺的水灣上垂釣，試探著初秋東方海面的涼暖──而我急切地想念著另一個越行越遠的小島──在那島上我飲過高粱，在坑道裡談可笑的莎士比亞[5]，取笑古典，也取笑自己。鐵蒺藜[6]的顏色，六零砲的氣味還那麼濃烈地遺在我們初行的人的手上，戰爭的陰影，粗獷的夢。

5　莎士比亞：威廉・莎士比亞(William Shakespeare)，華人社會常尊稱為莎翁，是英國文學史上最傑出的戲劇家，也是西方文藝史上最傑出的作家之一，全世界最卓越的文學家之一。作品包括38部戲劇、154首十四行詩、兩首長敘事詩和其他詩歌。他的戲劇有各種主要語言的譯本，且表演次數遠遠超過其他戲劇家的作品。

6　蒺藜：原為一種植物，後來被用來形容一種武器，四角分叉，置於地上時其中一角自然向上，用來阻礙敵軍的人馬通過。鐵製的稱為鐵蒺藜，也因狀似雞爪，又稱雞爪釘，利用尖銳的利角能有效地刺破輪胎的特性，可用於阻攔車輛前進。

　　臨走的一個早晨，秋涼的金門，馬路上鋪著麥稈和黃金的收穫。生命的轉折是尋不出預兆的，而且你不知道，那時你該告訴誰，我仍有一個「古昔的夢」。花開在土地廟後的包穀田裡，牛羊鳴叫著，在淺水濕漉漉的河邊。又是多少個下午，你坐在石堆上展閱遠方的來信；又是多少個昏夜，你躺在碉堡背上，熟記砲火上的夏天的星，秋天的星。草莓已經採盡了，第一罈草莓酒也釀出來了。點起燈來，說些白天的笑話。那陣地裡的野草我們踐踏過，修葺[7]過，也睡過。春天的時候，山坡了開滿了白色帶刺的花，穿草綠制服的軍官也為白花零落而低迴[8]嗎？風起處，落英紛飛，著意讀詩的大學生也呢喃唸著傷感的葬花詞[9]嗎？

7　修葺：音ㄒㄧㄡˋㄑㄧ丶，指修築整治。

8　低迴：是留戀、徘徊的意思。

9　葬花詞：又稱《葬花吟》、《林黛玉葬花詞》，是小說《紅樓夢》第二十七回《滴翠亭楊妃戲彩蝶埋香冢飛燕泣殘紅》末，作者藉由林黛玉所吟誦出來的一段詩詞。整首葬花詞除第十六句及第三十七句分別為十字與八字之外，其餘每句七言，凡五十二句，三百六十八字。

我們在沖繩[10]降落。白花花的太陽照在四週的營房，稍遠的沙灘上，熙攘地追逐著美國兵士和他們穿得太少的操日本英語的伴侶。東方的寧靜被踐躪得失去了蹤影。我乃想起了俳句[11]和寺院裡的禪理，我們看不見一絲亞洲人的尊嚴。

也同樣在一個沙灘上，在另外一個夢寐重返的小島，我遇見一群撿小魚的村姑。他們在海潮上涉行，傍著鐵絲網的沉重，那是中國，我們的家。我多麼懷念宜蘭海濱蘇澳港外沒人知曉的自然，更純粹的浪，更優美的山陵，海鳥低低飛翔，從一個樹林，到另外一個樹林；多深奧的花蓮山嶽裡的猿啼和鹿呦[12]啊！還有大度山的樹薯田，北投谷裡醉人的柔氣。天地的變動原來自神鬼自動的移位，一次聚合，一次分離，都沒有預兆，沒有凶吉。

---

10 沖繩：是日本最西南側的一個縣，縣廳所在地是那霸市。沖繩縣由琉球群島中的沖繩群島、先島群島以及太平洋中的大東群島組成，隔海和九州的鹿兒島縣相鄰。

11 俳句：是由17音組成的日本定型短詩，從俳諧的首句演變而來。日本最早的俳諧出現於《古今和歌集》，至江戶時代則從「俳諧連歌」產生的俳句、連句、俳文等。

12 呦：形容鹿鳴聲。《詩經·小雅·鹿鳴》：「呦呦鹿鳴，食野之苹。」

　　雲影下的冰雪大山已不復故土。寒氣使你回憶到掌燈從龍蟠坑道[13]步行回到虎踞坑道時冬季的冷冽！三分酒意，七分詩情，再也不知道身置何方，風聲裡的松林如魔爪窺伺著夜行人的心悸！夜淡得像一杯酒，秋蟹已經過去了，令人思有茶。和著夾克睡眠，夜夢一片玫瑰花園，紅色的，黃色的，紫色的，綠色的玫瑰。北美洲的冰山嚴峻，如我們古代的董源[14]。雲下是城，城裡的葉子都轉紅了。越密蘇里河[15]，入愛荷華州[16]境時，秋雨落在陌生的平原上。我心裡的知更鳥不停地唱著：雨啊，下吧，把一切羞辱洗淨，下吧。火車裡的人多在打盹，有些中年人在看省城的報紙。後座一個學生模樣的女孩則不停地吸煙，望著窗外的雨水出神。

---

13 龍蟠坑道：即龍蟠隧道，位於烈嶼龍蟠山之下，在西元1958年「八二三」砲戰後落成，全長一百七十公尺，目前由金門防衛指揮部烈嶼守備大隊官兵駐紮。

14 董源：源一作元，字叔達，五代南唐著名畫家，江南鍾陵人，亦作江南人。其水墨及著色輕淡者，不為奇峭之筆，山石用麻皮皴畫技，作峰巒出沒，雲霧顯晦，溪橋漁浦，洲渚掩映的江南景色，評者以為平淡天真；其著色濃重者，山石皴紋甚少，景物富麗。董源為五代北宋間南方山水畫的主要流派，對元朝及其後畫壇影響甚大，與李成和范寬並為「宋三家」。

15 密蘇里河：(Missouri River)，美國主要河流之一，是密西西比河最長的支流，長約4千公里，流域面積約140萬平方公里。密蘇里河發源於蒙大拿州黃石公園附近的洛磯山脈東坡，流經半乾旱的大平原，至密蘇里州聖路易斯以北匯入密西西比河。

16 愛荷華州：(State of Iowa)，是位於美國中西部大平原的一個州；被稱為「玉米之州」(Corn State)，是美國的產糧地區，境內有90%的土地都是農地。主要的出產品是玉米及豬肉。

　　窗外已經是愛荷華州了，奧瑪哈城越退越遠，終於隱退到一片塞尚[17]風格的樹幹後面去。那小城有許多美麗的教堂，我們經過的時候，正是清晨，在一個小教堂前坐了許久，天是黯灰色的，行人稀少。火車經過一望無際的收割過的玉米田，經過白色的農舍，經過雨中的河流。想起舊金山唐人街謙遜過份了的外表，那龍鳳的雕琢難道就保存得住三千年的文化嗎？想起猶他州的荒漠，灰黃的土山，彷彿有意無意地訴說著，比賽誰能在風雨飛石中站得久些。愛荷華是一個農業州，在雨中流露出一種滿足，安定的神采。安格爾教授來接我的時候，我說：「我沿途看到綠油油的平原，雨落在上面——秋雨落在陌生的平原上。」他在滴著雨水的樹下，高興地笑道：「那使我想起去年四月在台灣的感覺——我從台北到台中的時候，從火車窗內望出去，台灣的農田也正在春雨下。你可以放心，愛荷華和台灣一樣美麗。」我心中一顫，低唸起：「雖信

---

17 塞尚：保羅・塞尚是一位著名法國畫家，風格介於印象派到立體主義畫派之間。其作品對19世紀的藝術觀念轉換到20世紀的藝術風格奠定基礎。他的作品對亨利・馬蒂斯和巴勃羅・畢卡索，產生重要的影響。

美而非吾土兮。」但他是很誠懇的，他有一首詩收在新出版的詩集裡，題目就叫「台中」，最後一句是：

「在台灣，甚至雨也是一個婦人。」

那是台中盆地第一次被人格化成為一個婦人。盆地不自覺，我想它還是和一年前一樣，不停地生長著稻米，甘蔗，和果樹；美麗富足的盆地。故土，故土，你可知道，而今，秋雨落在陌生的平原上。

賞析

本文〈秋雨落在陌生的平原上〉選自《葉珊散文集》第三輯「陌生的平原」。此輯共收錄十八篇文章，書寫時間集中於西元1964~1965年間，其中〈枯萎了滿牆藤蔓〉、〈車過密西西比河〉、〈有一個小農莊〉、〈山窗下〉、〈宿雨諸文〉，都具有相類似的主題與去國感懷。其中纏繞著離鄉的愁緒、家國的意識，乃至文化與理想的省思等，感性與思維性的比重漸漸均衡，逐漸開啟楊牧散文的新面貌。文字風格上，排比、對偶雖仍多用，卻已漸趨自然純熟，使得文采精麗中而不失疏放，柔美而不失渾厚，亦漸開啟楊牧散文新風格。

本文首段，作者車過鹽湖城，秋雨落在陌生的平原上，引發作者一連串的懷想。本文運用意識流筆法，作者讓思緒不斷在文中跳躍，包括生命中的一些片段，在物是人非的異地陌生感中，讓意象穿梭於過去與現在。心中浮現關於金門、宜蘭、花蓮、台中等舊地或故鄉的想念，也興起石濤的畫、王

粲的詩、莎士比亞的古典、林黛玉〈葬花詞〉、董源水墨畫、法國畫家塞尚等典故的浪漫聯想。「遙遙」作為關鍵詞,除了展現距離感外,更隱含作者遊子心靈孤單與寂寞的愁緒,對於家鄉的山川風物,作者充滿思鄉之情,讓雨如傾洩而下的思念,有著揮之不去的鄉愁;文章末尾,作者也由愛荷華平原的安詳及富足中,結出王粲〈登樓賦〉:「雖信美而非吾土兮,曾何足以少留?」的感慨。

楊牧早期的作品,多是單純的鄉愁情緒;而多數評論者認為楊牧自〈芝加哥麟爪〉一文以後,於鄉愁之外,作品融入家國與文化的意識、藝術與生命的思考。然而,本文有兩處,其實已見證楊牧在創作中,已經有融入家國與文化的意識,雖然只是淺嘗即止沒有過多的著墨。其一,在描寫沖繩降落段落,說到:「稍遠的沙灘上,熙攘地追逐著美國兵士和他們穿得太少的操日本英語的伴侶。…我們看不見一絲亞洲人的尊嚴。」透露出對曾為強國的日本人,對美國大兵曲意諂媚的鄙夷;其二,描寫「後座一個學生模樣的女孩則不停地吸煙,望著窗外的雨水出神。」似乎也在諷刺美國年輕人在自由風下的放浪形骸。就轉變而言,作品融入家國與文化的意識,也是作者本文在鄉愁情緒外,開始有了求變的風格轉化。

就技巧而言,何寄澎曾在〈論楊牧散文的求變與求新〉說:「在技巧上,出國以前大致是獨白式的敘述方式,繁用排比、對稱、覆疊、迴環等手法,務求情感與文字的表現都有濃得化不開開徐志摩風;出國以後則漸趨沉鬱——精整中有疏放、秀麗中有雄渾,節奏意象均漸奇詭難測,已有後來散文風貌,充分顯示其出眾的才華。」其文章中帶有徐志摩散文風格,例如:想像力靈奇,富有詩意的散文,善於言情,詞采絢爛,喜繪自然的修辭技巧,及轉變為沉鬱、疏放與秀麗手法,都可以在本文中得到印證。

問題與討論

1. 當你望著窗外，你曾經有過怎樣「窗的聯想」，包括有形與無形的窗。

2. 你是否同意《孟子・滕文公》說：「勞心者治人，勞力者治於人。」的價值觀，對於社會分工下所形成的勞逸不均現象，有何想法和解決之道？

3. 你是否常觀察四時自然，或周遭事物的變化？對外在現象的改變，會產生欣羨或驚嘆或無常的感受？

4. 當社會價值與自我價值觀發生衝突時，要如何調適？對於《莊子》乘道德而浮游—超越「材」與「不材」的處世哲學，你有何看法？

5. 無論古今中外，詩人們總愛讓雨心、雨趣、雨境昇華為詩詞的意趣與情境；請試著找出一段有關「秋雨」的詩詞作品，分享你的感受，也可淺吟低唱著自己的人生境遇。

延伸閱讀

1. 〈流浪者〉 白萩

2. 〈聽雨〉 蔣捷

3. 〈狼之獨步〉 紀弦

4. 〈如歌的行板〉 瘂弦

第四單元　有情人生

傷春詞選

　　一、天仙子／張先 ⋯⋯⋯⋯⋯⋯⋯ 135

　　二、浣溪沙／晏殊 ⋯⋯⋯⋯⋯⋯⋯ 136

超然臺記／蘇軾 ⋯⋯⋯⋯⋯⋯⋯⋯⋯ 141

徐文長傳／袁宏道 ⋯⋯⋯⋯⋯⋯⋯⋯ 147

忘情／鹿橋 ⋯⋯⋯⋯⋯⋯⋯⋯⋯⋯⋯ 155

讓愛你的人更有尊嚴／彭蕙仙 ⋯⋯⋯ 169

導言

　　本單元「有情人生」是以情緒調適和情感經營為探討主題。人類與生俱來都有喜怒哀樂的情緒和愛憎惡欲的情感，但是情緒常會起伏不定，我們不能任其無所節制地氾濫，生活才不致於陷入混亂；而情感亦需用心經營才能美好而恆久。所以我們應努力讓感性與理性調和，不被情緒所困擾，與人相處時用心感受人情的美好，生活和樂才能擁有幸福快樂的人生。

　　依此主題，本單元選錄下列篇章：二首以「傷春」為主題的宋詞，提醒讀者珍惜當下，勿沉緬於悲情，以曠達的心境面對無可奈何的現實；蘇軾〈超然臺記〉，以見開闊的胸襟與超然的心境，才能讓人在憂患中得到超脫和排解；袁宏道〈徐文長傳〉，透過明代狂士徐渭悲劇的人生，反思一個人如何調適自我，安處於世；鹿橋〈忘情〉實為本單元總綱，提醒我們生命中「情」之重要，但要能情理相融才是幸福的有情人生；彭蕙仙〈讓愛你的人更有尊嚴〉，啟發我們深思相愛的人該如何相處，提醒我們相愛時應彼此溫柔、慈悲與尊重，才能讓人感受到幸福的美好滋味。

傷春詞選

張先；晏殊

作者

　　張先，字子野，吳興（今浙江省湖州市）人。生於宋太宗淳化元年（西元990年），卒於神宗元豐元年（西元1078年），享壽八十九歲。四十一歲時登進士第，歷官宿州掾，知吳江縣、渝州、虢州，官至尚書都官郎中退休。晚年往來於杭州、吳興間，漁釣自適，優遊以終。

　　張先以詞聞名一時，他的詞內容大多描寫士大夫的詩酒之樂和男女之情，也對都會生活有所反映，詞風工巧深婉。喜作長調，在詞體由小令向長調發展的過程有推助作用。但他的主要成就仍為小令創作，雖作長調，亦多用小令手法。其詞以善用「影」字著名，其中「雲破月來花弄影」（〈天仙子〉）、「嬌柔懶起，簾壓捲花影」（〈歸朝歡〉）、「柳徑無人，墮飛絮無影」（〈剪牡丹〉）為其平生得意之句，而自稱為「張三影」。

　　張先的詞氣魄不大，喜歡琢鍊字句，作品帶有一種含蓄柔美的韻味，以麗詞寫豔情，形成北宋冶豔一派，後來賀鑄、周邦彥等人皆受其影響。其詩歌也負盛名，蘇軾說他「詩筆老妙，歌詞乃其餘波耳」，但詩已散佚，詩名遂為詞名所掩。有《張子野詞》，內容大半是戀情和酬答所作。

　　晏殊，字同叔，撫州臨川（今江西省進賢縣）人。生於宋太宗淳化二年（西元991年），自幼聰明，七歲能文，十四歲時就因才華洋溢經人舉薦參加進士殿試，被朝廷賜同進士出身。仁宗即位之後，尤加信愛，歷任顯要官職，官至集賢殿學士、同中書門下平章事兼樞密使，累封至臨淄公。仁宗至和二年（西元1055年）卒，享壽六十五歲，仁宗親臨奠祭，並罷朝二日以表哀悼，贈諡元獻。

　　晏殊個性剛峻，待人誠實，雖官居高位，但生活儉樸。他雖然是北宋名臣，歷任要職，但在政治上並無顯赫功績；不過卻善於發掘人才，提拔賢俊，成就北宋昇平之治，當時如范仲淹、富弼、歐陽脩、韓琦等都出於他的門下。

　　晏殊為北宋前期重要的詞家，擅長小令，承襲婉約詞風的正宗。詞的內容多寫士大夫詩酒生活的歡樂、良時易逝的閑愁以及男女相思離別之情。風格閑雅、圓融平靜，傷感之中透出深沉的思致和曠達的襟懷。語言婉麗，抒情溫厚含蓄，不流於俗豔。他最特異之處是能於一切平易之境，蘊含極舒緩閒適的情緒，令人暴戾之氣為之消散，這與他剛峻的個性和循循然儒者的氣度全然不同。其生平著作頗多，有《臨川集》、《紫薇集》、《珠玉詞》等，惟多散佚。今存《珠玉詞》及清人所輯《晏元獻遺文》。

本文

一、天仙子　　張先

時為嘉禾小倅[1]，以病眠，不赴府會。

　　水調[2]數聲持酒聽，午醉醒來愁未醒。送春春去幾時回？臨晚鏡[3]，傷流景[4]，往事後期[5]空記省[6]。

　　沙上並禽[7]池上暝[8]，雲破月來花弄影[9]。重重簾幕密遮燈，風不定，人初靜，明日落紅[10]應[11]滿徑。

1　嘉禾小倅：嘉禾即今浙江省嘉興市。倅，音ㄘㄨㄟˋ，是協助知州掌管文書的小吏。張先此時在嘉興做判官。
2　水調：樂府曲名，相傳為隋煬帝開鑿運河時所創，旋律悲怨激切。作者客中小病，更為易感，此處聽水調而悲，或許有自傷卑賤之意。
3　臨晚鏡：臨，對著；「晚」字雙關，包括時間（天色）的晚和生理（年歲）的晚。
4　流景：逝去的光陰。
5　後期：即後約，未來的約定。
6　記省：記憶。
7　並禽：成對的水鳥，或鴛鴦。
8　暝：同「眠」，棲息。
9　花弄影：花搖影動。弄，舞動之意。
10　落紅：落花。
11　應：有推測、預期之意。

二、浣溪沙　晏殊

　　一向[12]年光[13]有限身，等閑[14]離別易銷魂[15]。酒筵歌席莫辭頻[16]。

　　滿目山河空念遠，落花風雨更傷春。不如憐取眼前人[17]。

12　一向：也作一晌，片刻，一會兒。

13　年光：時光。

14　等閑：平常，隨便。

15　銷魂：魂魄飛散，形容人極度的悲痛或歡樂。

16　莫辭頻：不要因為次數多而推辭。頻，頻繁。

17　憐取眼前人：元稹《會真記》載崔鶯鶯詩：「還將舊來意，憐取眼前人。」憐，珍惜、憐愛。取，語氣詞，附於動詞之後，以表示動作的進行。

賞析

一、天仙子　　張先

　　這首詞是張先的名作。從詞前的小序而知作者正在嘉禾任職，當時大約五十多歲。雖然只是一個掌管文書的小吏，但他性情孤高，不喜應酬，「以病眠」實是委婉的托辭。托病而未赴府會，不去聽歌賞舞，詞中表現的正是傷春嘆老的情懷。

　　詞的上片先抒情，寫的是傷春。起二句主要說愁情的難以排遣，寫出未赴府會而在家聽歌飲酒後的心緒，本欲持酒聽歌以消遣愁緒，但午醉雖醒，愁仍未去，顯然借酒消愁並未如願。接著點出了「愁未醒」的原因，「送春春去幾時回」的問語，實質上包含著哀嘆年華消逝的回答，春去不停留，人已垂垂老矣，而青春一去就永不復返。「臨晚鏡，傷流景」承接自然，由流光之易逝，想到仕途的失意，所以「往事後期空記省」，回首前塵，徒增悵惘；瞻望未來，後期無定，自傷之情十分強烈。「空記省」和「愁未醒」前後照應，由於追思徒勞無益，因而更覺愁恨難以消除。

　　下片則是寫夜景，情從景出。水禽雙棲並眠於沙岸，反襯自己的形孤影單，含蓄地表現對己身的悲嘆。接著「雲破月來花弄影」句，歷來為人稱道，天上的雲在飄動中綻破，現出清輝月色，而花影在水中搖動；作者的身影也映於水面，顧影自憐，年華老去的詞人對春色的憐惜可想而知了。一個「弄」字，將人的動作和感情移注其中，堪稱「詞眼」，王國維《人間詞話》說：「著一『弄』字而境界全出。」最後四句仍是寫景，而寫風是關鍵，貫穿整個下片：因風而禽鳥依偎並棲；因風才有雲散月出之景，才有水中花影顫動含情；因風緊才必須重簾遮攔；因風而料想「明日落紅應滿徑」，又呼應了開頭傷春持酒的惜春情懷。

　　傷春是古典詩詞中經常出現的主題，美好的時光總是短暫而留不住，一如青春的流逝，所以令人傷悲；而美好的事物在短暫的喜悅過後常留下更多新的惆悵。生命中總有那麼多的缺憾而無以消解，詞人只好在文學的世界裡去抒發，找到寄託。而對於傷春，也許是啟示我們要惜春，但惜春其實是珍惜人生吧？因為短暫所以要好好珍惜；因為留不住所以要把握每個當下。

二、浣溪沙　晏殊

　　這首詞是宴會上即興之作。詞中所寫並非一事，亦非一時所感，而是反映了作者人生觀的一個側面。詞的上片直抒胸臆，慨嘆人生苦短，光陰易逝。首句「一向年光有限身」，劈空而來，語甚警鍊，直言年華有限，稍縱即逝，嘆惜時光之易逝，感慨盛年之不再，有撼人心魄的效果。緊接著「等閑」句，加厚一筆，愁意又添一層，年華易去，人生苦短，即使是很平常的離別，也容易讓人銷魂落魄。更何況在短暫的人生中，經常會遇到別離，而每一回離別，都占去有限年光的一部分，所以「酒筵歌席莫辭頻」，痛苦無益，詞人唯有強自寬解，不如及時行樂，盡情開懷暢飲以自遣情懷，聊慰此有限之身。

　　下片緊承上片之意，並與上片別宴離歌前後呼應。首兩句「滿目山河空念遠，落花風雨更傷春」是詞人的設想之辭，雖然仍是念遠傷春，但氣度較大，從放眼河山到風雨惜別，進而引出眼前人。詞人想像：若是登高遠眺，極目遠望，盡是大好河山，不禁思念起遠方的友人；終因相隔千山萬水，只能徒然地懷思。獨處家中，又見到風雨摧殘繁花的淒涼景象，更令人感傷春光易逝，心中不免生出無限傷悲。這兩句意境開闊遼遠，表現出詞人對時空不可踰越，消逝的事物不可復得的感慨。既然如此，「不如憐取眼前人」，此句將前二句宕開，他不讓痛苦的懷思折磨自己，也不會沉緬於歌酒之中而不能自拔，所以想辦法從痛苦中解脫出來。此句表達了及時行樂的思想：與

其徒勞地思念遠方的親友，因風雨搖落的花朵而傷懷，不如實際一些，珍惜眼前的佳人。這就是詞人解決時光易逝、生命短暫的最好方法，與「酒筵歌席莫辭頻」相應，表達了一種人生無奈，自尋解脫的生活態度。

　　本詞取景甚大，抒寫傷春念遠的情懷，深刻沉著，高健明快，而又能保持一種溫婉的氣象，使詞意不顯得淒切哀傷。空目念遠已是無益，與其追憶那已遠去不可挽回的舊日，不如好好珍惜，把握眼前的一切，接受身邊擁有的幸福。縱觀下片，詞人於無可奈何之中，以一種曠達明快的襟懷來面對眼前的現實，使上下兩片融合無間，詞意境界更加高遠。

　　張先的官職低微，與晏殊的宦途得意不同，所以他的〈天仙子〉跟晏殊〈浣溪沙〉雖然所反映的傷春內容大體相近，但在風格與表現手法上卻有很大差異。張先寫得比較激切、深沉而執著，具有強烈的感性色彩。晏殊則寫得比較曠達、超脫，經過理性的調和，具有哲理意味。

超然臺記

蘇軾

者

　　蘇軾，字子瞻，自號東坡居士，眉州眉山（今四川省眉山縣）人。生於宋仁宗景祐三年（西元1037年），卒於徽宗建中靖國元年（西元1101年），享壽六十六歲。他生長於素有文化教養的家庭，父親蘇洵、弟弟蘇轍也都很有名氣，當時稱為「三蘇」。

　　嘉祐二年進士及第，年二十一。神宗時，王安石當權，倡行新法，他因上書反對新政，與新黨不合，調任杭州通判，歷徙密州、湖州等地。元豐二年因作詩譏評時政，被指為訕謗朝廷，招來烏臺詩案之禍而下獄，獄中受到凌辱和迫害，後來被釋出獄，貶謫黃州。哲宗即位後，太皇太后任用舊黨，召為禮部郎中、翰林學士，但因論事過於鯁直，不容於朝，出知杭州，此後他的官職時陞時降。哲宗親政後，新黨重新執政，蘇軾不斷受到迫害，又貶謫惠州、儋州。徽宗時，遇赦召還，北回時卒於常州。高宗時，追諡「文忠」。

　　蘇軾學識淵博，多才多藝，富於創造性，在文藝的各個領域都有高度的成就，是中國文學藝術史上罕見的全才。他的散文汪洋奔肆，如行雲流水，為唐宋八大家之一；又工詩擅詞，開詞中豪放一派，對後世有極大的影響；書法和繪畫亦有極高造詣，書法名列北宋四大家之一，繪畫則開創了湖州畫派。有《東坡全集》傳於世。

在他一生的政治生涯中，時受厄運，屢遭貶謫。雖然也引發過一些煩憂苦悶，但都未改變他坦蕩的胸懷與執著的人生態度，他具有豪放曠達的精神，善於放懷自遣，擺脫苦悶，過著超逸不凡、忘懷得失的人生。這種處困境而不屈的精神也表現在他驚人的創作力上，許多詩詞文章名篇都寫於他遭貶受挫之後，成就了他在文學史上不朽的地位。

本文

凡物皆有可觀，苟有可觀，皆有可樂，非必怪奇偉麗者也。餔糟啜醨[1]，皆可以醉；果蔬草木，皆可以飽；推此類也，吾安往而不樂？

夫所為求福而辭禍者，以福可喜而禍可悲也。人之所欲無窮，而物之可以足吾欲者有盡，美惡之辨戰乎中，而去取之擇交乎前。則可樂者常少，而可悲者常多，是謂求禍而辭福。夫求禍而辭福，豈人之情也哉？物有以蓋[2]之矣。彼遊於物之內，而不遊於物之外；物非有大小也，自其內而觀之，未有不高且大者也。彼其高大以臨我，則我

1　餔糟啜醨：意為吃粗劣的食物，喝薄酒。餔，音ㄅㄨ，吃也；糟是酒滓，此喻粗劣的食物；醨，音ㄌㄧˊ，薄酒。

2　蓋：矇蔽。

常眩亂[3]反覆，如隙中之觀鬥[4]，又焉知勝負之所在。是以美惡橫生，而憂樂出焉，可不大哀乎！

余自錢塘移守膠西，釋舟楫之安，而服車馬之勞；去雕墻[5]之美，而蔽采椽[6]之居；背[7]湖山之觀，而適桑麻之野。始至之日，歲比不登[8]，盜賊滿野，獄訟充斥；而齋廚索然[9]，日食杞菊[10]，人固疑余之不樂也。處之期年，而貌加豐，髮之白者，日以反黑。余既樂其風俗之淳，而其吏民亦安余之拙也。於是治其園圃，潔其庭宇，伐安丘、高密之木，以修補破敗，為苟全之計。而園之北，因城以為臺者舊矣，稍葺[11]而新之。時相與登覽，放意肆志焉。

---

3 眩亂：昏亂。

4 隙中之觀鬥：比喻眼界甚小。

5 雕墻：雕畫之牆，比喻宮室之美。

6 采椽：指以柞木做屋上承接瓦的木條。形容房屋簡陋。采，假借為「棌」，柞木。

7 背：離也。

8 歲比不登：連年歉收。比，音ㄅㄧˋ，連續；登，豐。

9 索然：盡也。

10 杞菊：枸杞與菊花，其嫩芽、葉可食。借指為野菜之類。

11 葺：音ㄑㄧˋ，原指用茅草覆蓋房子，後泛指修理房屋。

　　南望馬耳、常山[12]，出沒隱見，若近若遠，庶幾有隱君子乎！而其東則盧山，秦人盧敖[13]之所從遁也。西望穆陵[14]，隱然如城郭，師尚父[15]、齊威公[16]之遺烈[17]，猶有存者。北俯濰水，慨然太息，思淮陰[18]之功，而弔其不終。臺高而安，深而明，夏涼而冬溫。雨雪之朝，風月之夕，余未嘗不在，客未嘗不從。擷園蔬，取池魚，釀秫酒[19]，瀹脫粟[20]而食之，曰：「樂哉遊乎！」

　　方是時，余弟子由適在濟南，聞而賦之，且名其臺曰「超然」，以見余之無所往而不樂者，蓋遊於物之外也。

---

12 馬耳、常山：二山之名，在膠州東，即今諸城縣南。秦漢高士多隱居於此。

13 盧敖：秦時博士，始皇命入海求不死之藥，無所得，遂避於盧山。

14 穆陵：關名，在膠州西。

15 師尚父：即呂尚，周武王尊之為師尚父。

16 齊威公：即齊桓公。

17 遺烈：餘業。

18 淮陰：漢韓信封淮陰侯。信伐齊，破楚將龍且於濰水。後被呂后所害。

19 秫酒：高粱釀的酒。秫，音ㄕㄨˊ。

20 瀹脫粟：煮糙米。瀹，音ㄩㄝˋ，煮也；脫粟是指糙米。

賞析

　　宋神宗熙寧七年（西元1074年），蘇軾從杭州通判遷調密州任知州，本文是在密州隔年所作。超然台在密州城內傍城而築，蘇軾修整舊臺之後，為臺作記。文中借臺以抒寫心志，配以登臺所見的景物，點出自己能隨遇而安，怡然享受物外之遊的樂趣，表現了他的樂觀精神和曠達的胸襟。

　　此文以論說哲理起頭，從「苟有可觀，皆有可樂」的「樂」字宕開，推出「吾安往而不樂」之問，為下文的展開作了鋪墊。第二段進一步議論悲喜哀樂產生的原因，人的欲望無窮，而能滿足欲望的東西有限，於是東西的好壞在內心交戰，取捨的抉擇總是在眼前，被外物所蒙蔽，因而使人歡樂的事就少，令人悲哀的煩惱就多。此二段已隱然指出超然物外的樂趣。第三、四段轉為抒情的記敘，先寫自己謫居膠西恬淡的生活及修整舊臺的經過；再寫登臺之樂，描寫臺上所見四周的景物，憑弔古蹟抒發懷古感今之情，並享四時之風月，點出超然脫俗之樂。最後一段，點題歸結，說明為臺取名的是遠在濟南做官的弟弟子由，他為臺取名「超然」，切合蘇軾的心意。

　　綜觀全篇結構，圍繞一「樂」字，先議後敘，由理入事，由事及景，最後以理收結而點題。使文章虛實相生，逐層遞進，層次分明，脈絡清晰。在表現手法上，論理、敘事和抒情融合於一爐，使論理與敘事交相輝映，又寓情於敘事之中。本文的語言亦極平易秀麗，如行雲流水，收放自如。

　　蘇軾受老莊思想的影響，在他身處逆境時，常以老莊「超然物外」的思想來慰藉自己，而能隨緣自適，隨遇而安。一個人能有開闊的胸襟，能夠超然於物欲之上，才能得到真正的快樂，能夠在憂患之中得到超脫和排解。如果一心只想滿足自己無窮的欲望，對所遭遇的障礙不斷地抱怨，只會讓人生活在憤怒不平之中。它會助長負面的情緒，讓你自怨自艾，阻礙做事的效率，導致生活的混亂。德國哲學家叔本華說：「我們很少去想已經有的東

西，但卻念念不忘得不到的東西。」如果一個人老是怨天尤人，抱怨時運不濟，抱怨東抱怨西……，也許問題是出在自己本身，要解決問題只有先改變自己。停止抱怨，珍惜所擁有的一切，所謂「樂由心生」，有這樣愉快的心境，於是就能隨遇而安，無處而不快樂了。

徐文長傳

袁宏道

　　袁宏道，字中郎，號石公，湖北公安（今湖北省公安縣）人，生於明穆宗隆慶二年（西元1568年），卒於明神宗萬曆三十八年（西元1610年），享年四十三歲。

　　宏道少年雋才，詩文挺秀，十六歲中秀才，於城南結詩社，自為社長，頗有聲名。萬曆二十年登進士第，年二十五。初任官為江蘇吳縣縣令，為官任事極具膽識，杜絕貪汙陋規，斷案明快公正，使吳縣大治。後授順天府教授，再升國子監助教、禮部主事，累官吏部稽勳郎中，卒於官。

　　宏道個性直率自然，不耐官場生涯，往復於仕、隱之間，萬曆二十三年至三十八年十六年間，三度出仕，實際任職不過六年。性愛山水，以風雅自命，好談禪，喜遊山玩水，自稱有「山水癖」。所作山水遊記獨步一時，情景意趣俱佳，自然呈顯內心的愉悅與性靈的自在。散文多為小品文，內容情真意切，筆調清俊爽朗，具性靈之美，對晚明小品有積極的推助作用。

　　宏道認為文學各有時代特色，反對「文必秦漢，詩必盛唐」的模擬抄襲風氣，提出「獨抒性靈，不拘格套」的性靈說，主張文學要結合生活內容，具有真實情感，被當時的人稱為「公安派」。與其兄袁宗道、弟袁中道並有才名，號稱「三袁」。其作品有《袁中郎全集》、《觴政》、《明文雋》及《瓶花齋雜錄》等。

本文

　　徐渭，字文長，為山陰¹諸生²，聲名藉甚³。薛公蕙校⁴越時，奇其才，有國士之目；然數奇⁵，屢試輒蹶⁶。中丞⁷胡公宗憲聞之，客諸幕⁸。文長每見，則葛衣烏巾⁹，縱談天下事，胡公大喜。是時公督數¹⁰邊兵，威鎮東南，介冑之士¹¹膝語蛇行¹²，不敢舉頭；而文長以部下一諸生傲之，議者方¹³之劉真長、杜少陵云。會得白鹿¹⁴，屬¹⁵文長作表。表上，永陵¹⁶喜。公以是益奇之，一切疏計¹⁷皆出其手。文長

1　山陰：今浙江省紹興市。

2　諸生：明代稱生員為諸生，俗稱秀才。

3　聲名藉甚：聲名遠播。藉甚，有所憑藉而更加盛大。

4　校：考校，學官考試諸生。

5　數奇：命運乖舛。古人迷信，認為偶數吉利，單數不吉利，故將命運不佳，凡事無法偶合者稱為「數奇」。奇，音ㄐㄧ。

6　屢試輒蹶：屢考不中。蹶，音ㄐㄩㄝˊ，挫折，失敗。

7　中丞：御史中丞的簡稱。明時稱巡撫為中丞。

8　客諸幕：聘為幕友。

9　葛衣烏巾：平民之裝束。

10　督數：督責。

11　介冑之士：身穿盔甲的武士，即軍人。介，甲也，護身的戰衣。冑，頭盔。

12　膝語蛇行：以膝跪地而語，彎腰俯伏而行，言卑遜之極。

13　方：比擬。

14　會得白鹿：嘉靖三十七年，胡宗憲得白鹿於舟山，獻於朝廷，視為祥物。

15　屬：音義同「囑」，吩咐。

16　永陵：即明世宗。明世宗葬永陵，故以代稱。

17　疏計：奏章報表。疏，音ㄕㄨˋ。

自負才略，好奇計，談兵多中，視一世事無可當意者；然竟不偶[18]。

文長既已不得志於有司，遂乃放浪麴糵[19]，恣情山水，走齊、魯、燕、趙之地，窮覽朔漠[20]。其所見山奔海立，沙起雷行，雨鳴樹偃，幽谷大都，人物魚鳥，一切可驚可愕之狀，一一皆達之於詩。其胸中又有勃然不可磨滅之氣，英雄失路[21]、托足無門之悲；故其為詩，如嗔[22]如笑，如水鳴峽，如種出土，如寡婦之夜哭，羈人[23]之寒起。雖其體格[24]時有卑者，然匠心獨出，有王者氣，非彼巾幗[25]而事人者所敢望也。文有卓識，氣沈而法嚴，不以模擬損才，不以議論傷格，韓、曾之流亞[26]也。文長既雅[27]不與時調合，

---

18 不偶：不遇時機。

19 麴糵：音ㄑㄩˊ ㄋㄧㄝˋ。酒母，釀酒或製醬所用的發酵物，此指酒。

20 朔漠：北方的沙漠地帶。

21 失路：比喻不得志。

22 嗔：怒也。

23 羈人：羈旅之人，即客居異地者。

24 體格：詩的體式格調。

25 巾幗：婦女的代稱。

26 韓、曾之流亞：與韓愈、曾鞏同等的人才。流亞，同一流的人物。

27 雅：一向。

當時所謂騷壇[28]主盟者，文長皆叱而奴[29]之，故其名不出於越。悲夫！

喜作書，筆意奔放如其詩，蒼勁中，姿媚躍出；歐陽公所謂「妖韶[30]女，老自有餘態」者也。間以其餘，旁溢[31]為花鳥，皆超逸有致。卒以疑殺其繼室[32]，下獄論死；張太史元汴力解，乃得出。晚年，憤益深，佯狂[33]益甚；顯者至門，或拒不納。時攜錢至酒肆，呼下隸[34]與飲；或自持斧，擊破其頭，血流被面，頭骨皆折，揉[35]之有聲；或以利錐錐其兩耳，深入寸餘，竟不得死。周望言：晚歲詩文益奇，無刻本，集藏於家。余同年[36]有官越者，託以鈔錄，今未至。余所見者，《徐文長集》、《闕編》二種而已。然文長竟以不得志於時，抱憤而卒。

---

28 騷壇：猶言文壇。
29 奴：輕賤，鄙視。
30 妖韶：妍媚美好。
31 旁溢：餘力從事，如水滿而溢出。
32 繼室：續娶之妻。
33 佯狂：裝瘋。
34 下隸：服賤役的人。
35 揉：以手按摩。
36 同年：同年登科者。

　　石公[37]曰：「先生數奇不已，遂為狂疾；狂疾不已，遂為囹圄[38]。古今文人，牢騷困苦，未有若先生者也！雖然，胡公閒世[39]豪傑，永陵英主，幕中禮數[40]異等，是胡公知有先生矣；表上，人主悅，是人主知有先生矣；獨身未貴耳。先生詩文崛起，一掃近代蕪穢之習；百世而下，自有定論，胡為不遇哉？梅客生嘗寄予書曰：『文長吾老友，病奇於人，人奇於詩。』余謂：文長無之而不奇者也；無之而不奇，斯無之而不奇也！悲夫！」

---

37 石公：袁宏道自稱，其號石公。

38 囹圄：音ㄌㄧㄥˊ ㄩˇ，監牢、監獄。

39 閒世：隔代而出，指不易得之才。閒，音ㄐㄧㄢˋ，俗作「間」。

40 禮數：禮儀之等級。

析

本文屬傳狀類的古文，記述明代狂士徐渭的生平，對徐渭的成就給予重新評價，也表達對他的讚揚和同情。全文結構共分四段，文末加評，構思完整：首段記敘徐渭才華傑出，但屢試不中；後被巡撫胡宗憲所賞識，收為幕僚，甚為倚重；但他看什麼都不滿意，在官場上遇不到好時機，終於罷去。第二段，敘述他不得志於官場後，放浪於酒國山林之間，詩文愈奇，卻常與時俗不合，以致聲名不揚。第三段，記敘他書畫俱佳，但因疑而殺妻，幸得張元汴救助才得赦免。晚年憤世更深，行為更加狂虐，詩文也愈奇，終因坎坷一生，抱恨而死。末段是作者對徐渭的評傳，並引梅國楨之言為證，說他沒有一樣不奇特，而命運乖舛，為他感嘆。全文以「數奇」為眼目，將他一生的悲劇凝練成一個「奇」字。其人奇，其事奇，其才能恣肆是奇，其命運多舛也是奇，所以不見容於世而一生不得志。文章利用奇特之奇與奇偶之奇的一字多義性，把徐渭的氣質、性格與命運綰接在一起，勾勒出其不平凡的一生。

文中敘述徐渭「雅不與時調合」，描寫這位懷才不遇的知識分子其狂放與悲憤，以及不惜一切與世俗抗衡的悲劇命運。他二十歲考取山陰秀才，然而後來連應八次鄉試都名落孫山。科舉不利，不得志於功名，無法發揮才能、施展抱負，使徐渭成為一個失意而憤世嫉俗的人。文中說他「視一世事無可當意者」，因而「不得志於有司」，所以放浪飲酒，縱情山水；但狂放孤傲的另一面是「英雄失路、托足無門之悲」。文末評說，徐渭命運不好，因此變為狂妄之疾，狂病不斷發作，因而得罪下獄，「古今文人，牢騷困苦，未有若先生者也」，這才是袁宏道為徐渭作傳的真情流露。結尾雖仍突出一個「奇」字，但「悲夫」一個嘆詞，卻是言有盡而意無窮。

　　徐渭有才，他不僅擅長於詩文、書畫，在戲劇寫作方面更有一番展現。然而一個人即使很有才華，卻不能駕馭自己，調適自我，往往會恃才傲物，反被才華所累。徐渭性格偏激，晚年以斧擊面、用錐穿耳，映射出他內心的不平和怨忿，情與理不能圓融；內心狂傲，不願隨順眾人，隨順世態，踽踽獨行於塵世，一顆心得不到安頓，孤苦無所依傍。他的自我屬性太強，容不下眾人；眾人自然也就容不下他。徐渭的「奇才」與「數奇」終歸是他生命抉擇的結果，倘若在張揚個性的同時也能調適內心，不為情緒所左右，處世寬容不憤世嫉俗，或許他的人生會有另一番美景。

　　也許一個和諧的人生才是多數人想要追求的理想生活。當今的世界變化無端，處於這樣多變的環境，情緒的起伏在所難免；而現代社會更是一個複雜的人際網絡，人和人的相處也更加困難。但我們不能像徐渭那樣獨活於自己的世界，也許別人無法理解你的觀點，也許別人的目光短淺讓你覺得無奈和不滿；但是我們不能任由情緒氾濫無所節制，多一些溝通、多一點寬容和體諒，也許會有不同的結果。一個寬容祥和的人應該能夠調和內心，所以能化解矛盾、情理無礙而自在圓融，不管順境或逆境都能從容以對，這樣才能萬般才華皆為我所用，而不與世情違和。

忘情
鹿橋

者

　　鹿橋，本名吳訥孫，福建閩侯人，西元1919年出生於北京。鹿橋為其筆名，於西南聯大時期就開始使用，到發表其代表作《未央歌》時，已經名聞遐邇。1942年畢業於西南聯大外文系，1954年獲耶魯大學美術史博士學位。他是一位著名的東方藝術史學者，也是有名的作家。曾任西南聯大助教、美國洛杉磯加利福尼亞州立大學教授、耶魯大學教授、華盛頓大學教授，1984年以優異講座教授自華盛頓大學退休。2002年因直腸癌病逝於波士頓。

　　鹿橋自赴美求學之後，即與妻子在美國定居生活與任教。偶爾回台灣參與文學活動，他曾勉勵台灣大學生多在學術修養上下功夫。他雖享有盛名，但因心性淡泊，為人行事非常低調。雖然在美國成家立業也擁有相當的地位與聲譽，但他的文化認同始終是中國的傳統，在文學創作中也融合了東方的典籍和思想。他的言行真摯而熱誠，又有很深的文化素養與內涵。在正式場合喜歡穿著中式藍布長袍，溫文儒雅，具備中國讀書人的風範與氣質。

　　他的著作有《未央歌》、《人子》、《懺情書》與《市廛居》，學術論文則多以英文出版，部分譯成其他文字。1997年獲美國中西區華人學術研討會特別頒贈「傑出學人獎」。名列美國名人錄與世界名人錄中。

　　《人子》是一本寓言式的短篇小說集，在淺近的文字和故事中，寄寓令人深思的哲理。全書的故事依照人生經歷的過程來排列，從降生、而啟智、而成長，然後經過種種體驗才認識逝亡，以此分為十三篇言近旨遠的寓言故

事，傳遞無窮的人生哲理，期待能在有限的人生中體驗難以捉摸的永恆境界。所以《人子》是一本人生之書，啟發讀者瞭解人生需要不斷地面臨抉擇或考驗，或要超越執著、擺脫束縛，或要找出婚姻的精髓與教育的真諦，甚或發覺不假外求的幸福與智慧，從這些過程中漸漸開悟，進而追求永恆的境界。

本文

　　一條走得堅硬了的黃土大道從小山崗邊上下來，只略略曲折幾下，就直指著地平線上遠遠一個小城的城門洞去了。夕陽裡，土道上被大車的木輪壓成的溝，就在大道中成了明顯的兩條黑影，這黑影同大道一夥[1]向城門曲折前去，只是在半途那老大的一棵樹附近有一個分岔。大樹底下是行人常停了休息的地方，泥土也被踐踏堅硬了，黃黃的一片，不長青草。趕車的人一定也常在這裡停，因為那車轍[2]的黑影也自大道分路向樹影裡去，然後過了大樹，就再回到路中央，又併在一起。

1　一夥：結伴。

2　車轍：車輪經過所留下的痕跡。

路上有一個單獨的旅客，他從山崗上下來，沿了路走著，到了大樹跟前，轉去大樹下去休息，走進了樹蔭，看不見了。

他離開家好幾個月了，他的家就在那小城中，他知道今晚一定可以走到家了，就想在這大樹下整頓整頓行裝，休息一下，然後把衣服穿穿好，再整整齊齊地回到家門。

他又想，也許有相識的舊友也從這條路上走，也到這樹下休息，那他就可以跟他談談離家後故鄉的事。

他到了樹下，因為疲倦了，一時懶得重新包裹他的背囊，只坐在它上面休息，等過路人來談談天。等了一陣也沒有人來，他就索性[3]枕了背囊躺下，沒一刻他就睡著了。

不知道從甚麼時候起下了一陣黃昏後的陣雨，潮濕的冷氣使他打了一個寒戰[4]，把他弄醒了。天色已是很黑，他不用起身來看就知道那硬黃土的大道一定是泥濘不堪，走一步滑一步。他向小城那邊平原望一望，已可看見隱隱的人家燈火，他笑自己快走到家了，偏要先整頓一下，弄得

3　索性：表示乾脆，直接了當。
4　寒戰：因冷而發抖。戰，通「顫」。

現在自己的家看著不遠，走起來路上這麼難行！若是長了翅膀，就在這清涼的夜空裡向著燈火飛去多好！這時天更黑了，燈火也更多了些，只在遠處明亮。城郭、城門則因為夜色深了，與城郊的村莊樹木都一齊看不見了。

小山崗這邊沒有人家，因此也沒有燈火，黑暗裡沒有可看的。他知道摸著黑也沒法重新整理行裝了，只在那裡悶坐[5]著，笑自己做出這種傻事，溫習出門以來這幾個月的經歷；想他背囊裡為家人帶回來的贈禮。兩眼只是向小城那邊的燈火望著。

忽然在小山崗這邊似乎有些光亮閃入他眼角裡來。他詫異地往這邊看，果然是清清楚楚的亮光。不似燈火，因為不及那麼明亮，可是又比鬼火[6]強些，也比鬼火看得清晰。他又看了一陣，知道一定不是人家的燈火了，因為這一群小光亮是成群移動著，就像鬼火那樣。

5　悶坐：煩悶而無情緒的呆坐著。

6　鬼火：夜晚時在墓地或荒野出現的淡綠色磷光。世俗迷信稱為「鬼火」，實是由磷質與空氣接觸後燃燒所呈現的微弱綠光。

他生長在這裡，這裡是他的家鄉，這兒沒有他不熟悉的事物。他看著這些不知名的光亮向他這個方向飛來就有一點不安。他正想要不要繞到大樹背面去躲一躲時，這一小群飛舞著的星火就飛進他頭上大樹的枝葉裡去了。他心上清清楚楚一點也沒有怕把老樹引起火來的感覺。他直覺地知道那飛舞的樣子像是飛蟲，或是飛鳥。它們一隻又一隻地投入這大樹的上層枝葉裡，他彷彿數了一數，大約有八、九隻。

馬上，他頭頂上就有了吱吱喳喳急驟的說話聲音。

他趕緊昂首往上看，穿過濃密的樹葉，他可以看見很晶瑩明亮的小翅膀，棲在樹枝頂上還是不停地一動、又一動地。身體、面貌、衣著都不能看得太清楚，只能分辨出是一群長了半透明昆蟲似的翅膀的小女孩，身體及薄紗似的衣服也是半透明的，鬆鬆軟軟的。兩隻露著的手臂，潔白精細，是惟一看得清楚的東西，因為她們說話時手就不會停，各種比劃，各種表情。

　　那些有顏色有光輝的東西是甚麼？每個小精靈似乎都帶著這麼一件包紮得很好看的小包裹。他不覺想起他自己從遠道帶給家裡的禮品。他想這些美麗的小包裹一定也是禮物。

　　「可是多麼小得可笑呀！」他想。這些小包包確實是小。小精靈們才不過一尺不到長短，這些包裹最大的也就一寸多。

　　因為他所見樹上的一切這麼明亮又富彩色，他雖然不看清楚，可是他直覺地知道這些小精靈的容貌也一定秀麗，動作也優美。只是她們這時候好像是有一件焦心[7]的事情，大家在亂糟糟地計議，說話的態度不太文靜。

　　「今天我們非晚了不可！」一個帶著淡青光亮的說。一聽就知道她們來時都飛得很急，氣喘一直不能停。

　　另外一個停在一個較遠的枝頂上的大概體力強壯一點。她的包裹大些，可是她的呼吸勻稱得多：「先別太著急，再等一等，若是再不來，咱們就只好趕忙先去。」她說話時那肉紅色細紗似的翅膀只緩緩地扇著。

7　焦心：心中憂急愁煩。

這時，其餘的幾個都說也只有這樣。那個第一個先抱怨的就說：「我真不敢想像，這些禮物包裹送到了，偏偏缺這一件最要緊的，那怎麼得了！敢情就是愛叫我著急，愛叫我生氣！」

歸鄉的旅人在樹下聽了不太能懂：「是怎麼鬧起意見的？又是跟誰鬥氣？現在還在賭氣，還是忽然想明白了，才說：敢情[8]是這麼一回事，是故意急她、氣她？」

「你就是愛怨敢情！只要是一有機會不論大事小事就抱怨敢情！你們一族的人都愛批評敢情！」這個出頭說公平話的混身閃著淡紫的光。

旅人就更不明白了。不過他現在已經習慣了她們的聲口，聽得也不像起初那麼費力了。這些小女孩們說話這麼好聽，就是聽不太懂，他還是愛聽。

「其實人家是一片好意，作事又熱心！」那個粉紅又健壯的也說：「你們專管理智的也要平心想想。敢情是特別出力……」

8　敢情：原來。

這一下都明白了！哪裡是什麼「敢情！」一直說的都是「感情」！

「我怎麼不明白！」這個被稱為理智的就說，說時她那淡青色的光芒就冰冷得穿進人的皮膚、肌肉，一直連骨頭都感覺得到：「我只是說她一直不能按了時間作事，並沒有說她不熱心。」

淺紫的這時用著急的口氣插嘴：「這回感情可真誤了事了！咱們不能再等了！再等就都晚了！那個情形多可怕呀！」

一句話提醒了大家。大家就都忙忙抱起禮物，極細微地，嘶！嘶！幾聲，連樹葉都不見震動一下，這一小群晶亮有翅膀的精靈就又急速地，上下飛舞著奔向小城鎮那邊去了。過了城牆那一帶以後，她們滑下地面去，混在燈火裡，看不出來了。

還鄉的旅人雖然沒有都懂得這一切到底是怎麼一回事，可是他心上也十分惦念，也代這些小精靈們著急，他不覺極盡他的目力向小山崗這邊的夜空望著。

他很望了一些時候。果然從山崗那邊飛起一個小光
燄[9]。這個真與剛才那幾個不同，在這麼遠的距離就可以看
出是大紅色的。一路飛來像是燒著一個小火把。

她飛的路線也不直，速度也不均勻，快一陣、慢一
陣。好不容易到了大樹頂上，落下來時又猛了一點，枝葉
都隨了顫動。她的那個包裹又大又沉重，在枝上也放不
穩，她氣喘短促地還要不停忙著左扶、右扶怕把它掉下
來！

那個包裹也是顏色很好看，可是真是包紮了個亂七八
糟，散著些條子帶子地！

「晚了！晚了！這回是真晚了！」她還沒有停穩就
喊。

「回回都死命地趕，回回都將將[10]趕上，這回可是真
晚了！」她痛苦地，喊著、數落著，她的亮光比方才的哪
一個都強，把老樹上的枝葉照明一片，也都照成紅色的。

9　光燄：光芒，也作「光焰」。
10　將將：剛剛好，恰好。

旅人的眼睛被這樣的強光耀得花了，回頭往小城鎮那邊看時，那些燈火就顯得微弱了。

「偏偏這回是最好、最好的！偏偏就晚了！」她說著、說著就痛哭起來。她的火熱的光燄就越發明亮了。

「這個是感情藏起來要留著自己到人間來才用的！收得這麼嚴緊[11]，找都幾乎沒有找著！等到找著了，快點交給我也罷，又非要特別包得好看不行！若不是大家從她手裡搶出來給我。告訴她說要是趕不及、用不上、就作廢了，可憐死、可惜死、她還不會放手呢！

「這個大包裹又這麼特別重，累死人不算，飛也飛不快！

「可憐的感情，她在家裡恐怕還在哭呢！還覺得沒有能好好把包裹包好，沒有能好好地跟這件寶貝告別！

「可憐的感情！可憐那些圍著勸她的，也不知道勸停了她沒有？

---

11 嚴緊：嚴密，不疏漏。

「可憐你們這一大群呀！等到你們知道我沒有趕上，真的晚了，那才可憐死了呀！大家得怎麼哭呀！咱們就一起哭罷！從此只有天天哭了呀，一直哭到死呀！」

她哭著、哭著，慢慢地氣勢開始平靜下來，她的光燄也穩定了。這時她那個大包裹倒有點暗淡下來。不久，她睡著了，扶了包裹的手一鬆，包裹就從高枝上落了下來。那時這禮物的光輝已幾乎全暗了，只有在落下來在空中劃了一條紅光時才又亮了一點。旅人在下面本能地要閃躲一下，但是那一線紅光，在半空就已經熄滅了。下面也沒有落地的聲音。

整個四野都是沉寂的。

沒有過了多少時候，那幾個就回來了。遠遠看見樹上的小紅火燄，她們就加快直飛過來。一齊落在她的身邊，又是責備、又是問候、又是安慰、又是愛惜。

她們好像是除了這一件意外對一切還是很高興似的，興奮地說這個新生的小孩多好，真是從來未有過的。

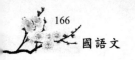

這個從來未有的，天賦最高的，最幸運的新生小孩，這個寶貝的小男孩，是因為她們把這些好資質及時送來才這麼幸福。

他今生要享有絕頂的聰明，他健康，永不生病，他體力雄壯，又仁慈勇敢。他英明、果斷、幻想豐富而又極端地理智堅強。更叫這些小精靈愛稱讚的是這個小孩長大時是一個世上從未見過的美男子！

大家說著，說著，感情的使者就又放聲大哭了起來：「偏偏像這樣的一個人連一點感情都沒有！一息息，一絲絲感情都沒有！」

大家勸也無從勸，沉默著攙起她來，夥著一齊飛回山崗那邊去了。那個可憐的小精靈還不斷地抽噎[12]著。

還鄉的旅人心上思潮起伏，也覺得忽然疲倦得不得了，好像混身筋骨都又酸又疼。他就索性打開行囊在樹下睡了一夜。

---

12 抽噎：一吸一頓地哭泣。

　　第二天是個陽光溫暖的好天氣，路面雖然沒有全乾，可是也沒有堅硬，反而更好走。他進了城還未到家，已先看見大門大開著，許多親戚朋友出出進進。忙著接送的自己家裡的人中有人遠遠看見他回來了，就跑著迎過去，接了他自背上卸下來的行囊，向他說：

　　「恭喜，恭喜你！你作了父親！你這頭生的寶貝是位誰也沒見過這麼好看的男孩！」

析

　　本篇選錄自《人子》一書，故事講述村莊裡一名小男孩出生之際，有許多小精靈為他送來各項最好的特資，這位新生的嬰兒擁有各種美好的資質，注定將來長得聰明、健康、仁慈勇敢，而且英明果斷、理智堅強，又是世間少有的美男子。然而攜帶「感情」的使者卻沒趕上他的誕生，使得他有了缺憾，這個男孩樣樣絕頂，卻缺乏感情。而感情卻可能是生而為人最該具備的，若少了可貴的感情，即便一輩子擁有人人稱羨的外在價值，又何足喜悅呢？故事裡感情的使者放聲大哭，正是為了這樣的緣故吧！一個人如果具備了感受美好、領受幸福的能力，何嘗不是上天的恩賜？這個故事藉著感情的缺漏，從反面推出了感情對人不可或缺的重要性。看似完美，具備了各樣資質的人，卻不能與外物產生共鳴，無法被萬物觸動心弦，無法欣賞美的事物，也無法領略善的本質，這是多麼令人惋惜的事啊！

　　科學是當今的顯學，從科學的角度來看，感情的特質是直覺的、主觀的、不科學也不規律，就像故事中所描述的：飛的路線不直，速度也不均勻，難以控制，而且又大又沉重。感情的不按牌理出牌，似乎老是讓生活過得混亂；但是我們讓生活中的所有事情都就緒，安排得有條不紊，就能過得幸福嗎？在現實生活裡，大家習慣用理性的方式思考，慣於將許多事物分析解釋得合理又合乎邏輯，可是生活卻不見得有滋有味、不見得快樂滿足。有位科學家曾說：「當一隻大象滑下草坡時，如果知道象的重量，草坡的斜度及摩擦力，那麼物理學家可以精確算出大象在滑落草坡時的正確速度；但沒有一個物理學家能告訴你，為什麼大象滑落草坡會是一件有趣的事。」人類的心靈和感情，許多時候是科學碰觸不到的。

　　但是，任由感情氾濫不以理性節制，確實會為生活帶來許多的災難。所以《中庸》說：「喜怒哀樂之未發謂之中，發而皆中節謂之和。中也者，天下之大本也；和也者，天下之達道也。致中和，天地位焉，萬物育焉。」人都有喜怒哀樂的情緒，也有愛憎惡欲的感情，這是人人都具有的本性，但是表現出來後要能加以節制，合於節度，達到「中和」的境界，生命超昇到與宇宙自然冥合，才是和諧的人生。紀伯侖在《先知》這本書裡曾提到理性與熱情，他說：人的靈魂常是戰場，理性與判斷常在其上和熱情與欲望交戰，人們自己必須做靈魂的和事佬，讓本性中那些不諧與敵對的素質化為一致與調和。因為單由理性支配時，它是一種侷限的力量；而熱情若不加管制，則會成為焚毀它自己的火。所以，我們應該讓自己具有深刻的情感，與人相處時感受人情的美好，體味天地萬物的美感；但我們也不能一任感情傾洩無度，以致人生陷入混亂的危機，而應努力使感情與理性充分調和，和樂的生命才能有豐實而幸福的生活。

讓愛你的人更有尊嚴

彭蕙仙

 者

　　彭蕙仙（西元1961年～），筆名李海，台北市人，台灣大學國際貿易系畢業。她是一位資深媒體人，工作經歷豐富，曾做過電影場記、電視節目執行製作、唱片企劃宣傳、電台節目主持人；亦曾任財經記者、《中時晚報》副刊編輯、《中時晚報》家庭版主編、《中時晚報》副總主筆、《時報週刊》採訪組副主任、《中時電子報》主筆。目前為佳音電台節目主持人、自由作家及知名部落客。

　　彭蕙仙酷愛閱讀，認為一個人能夠識字、看幾本好書，是絕大的幸福，值得再三感激。她自認是個幸福且浪漫的人，秉持自求簡樸、隨遇而安的人生哲學，喜歡乾淨俐落、爽快澄淨的輕鬆人生。兼具理性與感性，盡可能做到工作與生活平衡發展；而一手寫政治評論，一手寫兩性關係，也是另一種平衡。她的創作文類有散文、小說和傳記。散文以現今社會中的愛情事件與兩性議題為前引，剖析情愛現象的變貌和兩性生活的互動，增添理性觀察的深度和廣度，表現了從社會面與生活面融入的體會與感悟。小說則充滿張力與渲染力，用字精準，故事架構完整，情節曲折豐富。傳記兼具對於投資與消費及金融行為之純經濟與純人文的雙重思維，因為曾經擔任十年財經記者，看盡台灣股市的暴漲暴跌，也看遍人生的喜怒哀樂，因此以經濟活動作為切入焦點，探討人性與生命的意義。

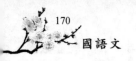

作品有《通往幸福的42個密道》、《幸福時光》、《幸福玫瑰》、《台北渴婚族》、《愛情物理學》、《在不景氣中為你開路》、《堅持溫柔》、《打開廣告之庫——聯廣綠手指的故事》等。曾獲經濟部金書獎、台北市及雲林縣好書獎等多個獎項。

口才便給[1]的朋友每每感嘆和情人吵不起來：「他總是說，妳都是對的，我不知道還能說些什麼？」

有的時候，朋友的情人也會埋怨：「妳老是把我講得一無是處，我什麼也不想說了。」

唉呀呀，我忍不住勸告我的朋友，談戀愛又不是參加辯論比賽，何必回回都要有理走遍天下？贏了邏輯[2]可能輸了甜蜜，在愛情裡，這可是划不來的喲。

年輕的時候談戀愛，常常很容易把自己放在兩個人關係的最前端，無論何時、無論在什麼情況下，總要旗幟鮮明地凸顯自己，彷彿不如此，這種戀愛便談得窩囊。

---

1 口才便給：形容伶牙俐齒，能言善道。便給，音ㄆㄧㄢˊ ㄐㄧˇ。
2 邏輯：此指合乎一般常情的規律。

吵架的時候，尤其喜歡乘勝追擊，在情人面前，總捨不得不讓自己的機鋒[3]巧辯閃閃發光。

退一步，也曾想過，滔滔雄辯，其實也讓人疲累，最好兩人不要劍拔弩張[4]，為了輕鬆相處，還是嘴角春風[5]些吧。不過，那個時候的安靜只是單純不想惹麻煩罷了，心裡面可還是覺得，若真要爭辯什麼，自己絕不會在愛人面前示弱。

這些年來，我才慢慢覺悟，「愛」是讓人發現並且建立自我、自信與自尊的過程：相愛的時候，總希望能夠讓愛我的人，因為這份愛而找到更多自尊、建立更高的自信；相對來說，我也同樣地得到了溫柔、慈悲與尊重呀。

世事難料，也許我們很難期待每一樁愛情都能有令人滿意的結果，然而，無論如何，相愛的時候，我們總懷抱著天長地久的希望，那麼，我們怎麼捨得用刺傷愛人的方式，時時把愛情放在危險的邊緣？這樣的愛情非但難以持久，恐怕也是自作自受吧。

3　機鋒：機警鋒利的言詞。

4　劍拔弩張：形容情勢緊張或聲勢逼人。

5　嘴角春風：言語和煦，有如春風的吹拂。

　　戀愛談到只要一想到對方便是滿腹牢騷的地步，也實在太可憐了吧。

　　總一再想起電影《鐵達尼號》裡最經典的一幕：男主角傑克手扶著女主角蘿絲，讓她在船頭高舉雙手、迎風飛揚——她敢於在那最危險的時刻放開雙手，是因為愛人給了她完全的信心與信賴。

　　貝蒂・蜜德勒[6]的歌《翼下之風》(Wind beneath My Wings)裡對愛情有一段非常生動的描述，她把愛人比喻為翼下之風，藉風之助，在愛情裡的人們得以自由且自信地翱翔，看得更高也飛得更遠——美好的愛情不只讓人快樂，還讓人有更高的尊嚴與自我認知：世上存在著這麼個美好的人，已讓人感覺人生是何等豐富燦爛，而我們竟還有機會相遇相愛、願意在人生路上並肩偕行[7]，這一路豈不風光旖旎[8]、甘美幸福！

6　貝蒂・蜜德勒：Bette Midler（西元1945年～）美國著名歌手、演員以及諧星。她以歌手出道，出色的演出使她成為諸多歌舞秀演出的頭牌明星，其後涉足影視，同樣非常的成功。在其超過40年的演藝生涯中一共被提名了兩次奧斯卡金像獎，並獲得四座葛萊美獎、四座金球獎、三座艾美獎以及一座特別東尼獎。她的唱片在全世界的累積銷量達到了3,000萬張。

7　偕行：同行。

8　風光旖旎：形容景色柔和美好。旖旎，音ㄧˇ ㄋㄧˇ，柔媚的樣子。

　　而我何其有幸，能夠慧眼識得如此精采人物，想必內心也該有一番體悟：人生機緣處處，即使擦肩而過，都不是偶然，更何況還能夠相守這樣一段時日，真該謝天！對所愛的人，我們自當更愛惜、寬容、感激與體諒，因為在我們的生命中，有這麼一段重疊的時空，真是彌足珍貴。

　　愛人口才不如你，說話的時候，更需要慎言，即使吵架，也儘可能為對方的尊嚴設想、不在言語上爭勝取巧——虔誠地用雙手托護愛人，願他在愛裡更有自信、自覺與自尊；願他的人生，會因為我的出現，更趨近幸福溫暖，如同他對我所做的一般。

　　這樣，即使有一天，我們分手了，保留在記憶裡的仍會有無盡的感念與溫柔。

析

　　這篇文章收錄於《幸福時光》一書。書中，作者以一個中年女子的角度，書寫在各種角色和人生境遇裡所可能感受、開創與保存的幸福。以他敏銳的洞察力和細膩的感受，縱談對幸福的不同觀察，分享人生和愛情裡的領悟。本文即是在經過了許多人生的歷練與際遇之後，對於愛情的體悟，或許可以啟發讀者深刻的省思。

　　在生命的過程中，一些小地方、一些可能被我們忽略的人際密碼，常常左右著生活是否幸福的感受。所以我們應該扮演好自己的角色，以更多的寬容，溫柔和愛，拼貼出自己的幸福模樣。〈讓愛你的人更有尊嚴〉寫出對相愛的人如何相處的深刻見解，認為愛應該是建立自我、找到更多自尊和自信的過程，相愛時應該彼此溫柔、慈悲與尊重地對待，讓人感受到幸福的滋味；如果為了逞強爭勝或自私地只以自己為重，不顧對方的感受，甚至用折磨、刺傷愛人的方式來驗證對方是否愛我，無疑是把愛情推向危險的邊緣，這樣的愛情如何能持久？愛情裡應該有完全的信賴和尊重，才能在美好的關係之中讓人覺得快樂；甚至通過愛情的助成，讓人有更好的自我認知和更高的尊嚴，感覺人生的甘美幸福。所以，如果有幸遇到相愛的人，要在相守的時光裡彼此珍惜，懂得寬容和體諒，感激有人願意在多變的人生路上並肩同行。這樣用心地呵護與經營將會是生命記憶中無盡的感念和溫柔，即使有一天不得不分手，也不會徒留遺憾和悵惘。

　　怎樣在愛情之中保有美好的感覺？這是在情感經營中一個重要的課題。有些人一旦與人相愛，便將全副身心寄託在這段情感之中，所有的時間都只想膩在一起，甚至全然地失去自我；或是霸道地要求戀人要一切以自己為中心，稍有不稱心，便狐疑不信，陷於恍惚不安，繼而爭吵、傷害隨之而來。這樣的戀情與當初自己所企盼的愛情已全然走了樣，殊不知，感情要長久，需要用心地經營與呵護。我們認知了在愛的過程中，懂得彼此尊重和信任的

重要，更要下定決心去實踐。不可全然失去自我，也不能全以自我為中心，愛情不是讓人成為別人的附屬品，也不是要征服對方。愛情應該彼此助成，讓兩人的天空更寬廣，讓人活得更有價值，這樣才能享受更美好的人生。

問題與討論

1. 《世說新語》說：「太上忘情，最下不及情；情之所鍾，正在吾輩。」喜怒哀樂的情緒與愛憎惡欲的感情是人的本性，但任性而行無所節制，可能導致生活中的許多災難。你認為怎麼樣才能過著和樂幸福的有情人生？

2. 蘇軾〈超然臺記〉的主旨為何？俗云：「人生不如意事十常八九」，面對起伏不定的人生境遇和複雜多變的外在環境，一個人如何調整自我的情緒，過著喜悅和諧的生活？

3. 有人說：「性格決定命運」，徐渭的遭遇是他的性格所造成的嗎？你對於一個人的遇與不遇有何看法？

4. 報載：一對情侶分手，一方將對方的私密照片在網路社群上公開。你對這樣的行為有何看法？你認為如何處理分手才是對待感情的成熟態度？

延伸閱讀

1. 〈願〉　蔣勳

2. 〈割愛〉　溫小平

3. 〈寂寞的十七歲〉　白先勇

4. 〈一聲我原諒你—結束二十四年的夢魘〉《商業周刊》　楊少強

第五單元　家庭倫理

詩經選：愛情詠嘆／先秦詩人

　　一、周南・關雎 ……………………………… 181

　　二、周南・桃夭 ……………………………… 182

　　三、邶風・擊鼓 ……………………………… 183

孟子節選／孟子

　　一、匡章之不孝 ……………………………… 190

　　二、舜樂而忘天下 …………………………… 191

　　三、舜不告而娶 ……………………………… 191

母親的書／琦君 ……………………………………… 195

沙漠中的飯店／三毛 ………………………………… 205

陪你一起找羅馬／廖玉蕙 …………………………… 217

導言

　　人倫之始，肇端於夫婦，夫婦和諧的婚姻為社會安定的基礎，但社會上總是存在不美滿的婚姻，因此對於一樁美好的婚姻是人所祈求祝願的。〈關雎〉是一首婚姻愛情詩，尤其側重描寫迎娶的過程，表現出隆重而溫馨的婚禮場景，預示著婚姻的美滿幸福。人生最美麗的時刻，就是當新娘的那一天，〈桃夭〉這首賀婚詩，寫女子出嫁，祈願她到夫家，帶給家庭昌盛興旺；而征戰、搖役往往造成家庭的離散、使夫妻愛情遭受到嚴苛的考驗，〈擊鼓〉是一首控訴戰爭的敘事詩。

　　孝道為齊家的根本，家庭教育的核心，世人無不重視孝道，儒家尤其重視孝道，所謂「百善孝為先」，但社會常有不孝的例子，可見親子相處並不是一件容易的事，而家庭中親子之間，存在一定的分際，《孟子》書中闡述孝道的篇章不少，如「匡章不孝」一節，提出「父子不相責善」；「舜樂而忘天下」一節，當情、法衝突時，舜寧願享親情之樂而捨棄權位，以及為「舜不告而娶」作辯護等；對於孝道真諦，反覆論述，極為深入。

　　母親是家庭中小孩的第一位老師，母親的言教、身教無不影響著孩子的一生，琦君〈母親的書〉一文，追憶孩童時期與母親間的互動、言行笑貌及生活的點滴，來發抒懷念母親的情懷。

　　〈沙漠中的飯店〉為三毛描寫其夫妻在撒哈拉沙漠中異國的生活，面對語言文化風俗的隔閡，尤其是不習慣當地的飲食，生活異常的艱辛，但三毛總能加以克服，從下廚煮菜中尋求樂趣，使夫婿佩服得五體投地，對中國菜讚嘆不已，更對賢妻深愛有加，成為異國婚姻夫妻生活成功的典範。

　　〈陪你一起找羅馬〉出自廖玉蕙《大食人間煙火》一書的第二篇，寫母女之間的纏綿親情，以及女兒學習成長蛻變的過程，整篇文章娓娓道來，深情有致，對現代家庭親子教育深具啟發的意義。

詩經選：愛情詠嘆

先秦詩人

 作者

　　《詩經》是中國第一部詩歌總集，共有詩歌305首，時間約自西周初年（西元前十二世紀）至春秋中期（西元前六世紀）五、六百年間的作品，為當時的樂官採集而成，各篇作者大都不可考，從漢朝起儒家將其奉為經典，因此稱為《詩經》。

　　《詩經》由《風》、《雅》、《頌》三部分組成。《風》又稱《國風》，有十五國風，包括：「周南」、「召南」、「邶風」、「鄘風」、「衛風」、「王風」、「鄭風」、「檜風」、「齊風」、「魏風」、「唐風」、「秦風」、「豳風」、「陳風」、「曹風」，共160篇。大多數是民間詩歌，為《詩經》中的精華；《雅》共105篇，分為《大雅》31篇、《小雅》74篇。《小雅》為宴請賓客的音樂。《大雅》則是國君接受臣下朝拜的音樂。是朝廷大夫的作品，部分是民間詩歌。《頌》是宗廟祭祀詩歌、演奏時配以舞蹈。又分為《周頌》、《魯頌》和《商頌》，共40篇。

　　賦、比、興則是詩經的表現手法。朱熹《詩集傳》解釋：「賦者，敷陳其事而直言之者也」，「比者，以彼物比此物也」，「興者，先言他物以引起所詠之詞也」。「賦」是直陳其事，是直接描述一件事情的經過的直述法。「比」是指「託物擬況」，是打個比方，用一件事物比喻另一件事物的比喻法，如《魏風‧碩鼠》用可惡的老鼠的譬喻統治者的貪婪。「興」是指「託物起興」，是從一件事物聯想到另外一件事物；是先言他物，再興起聯

想的聯想法，例如〈關雎〉以景物起興，引發自由聯想到婚姻愛情，德貌兼具女子，正是有德君子的好匹配。風、雅、頌和賦、比、興，是所謂《詩》的六義。

漢代傳詩的有四家，包括：魯人申培傳魯詩，齊人轅固傳齊、燕人韓嬰傳韓、魯人毛亨傳毛詩等四家，其中魯、齊、韓三家為今文經，毛詩為古文經，今文經至魏晉以後陸續亡佚，只有毛詩流傳下來。

現今流行的十三經注疏的《詩經》，採用西漢毛亨作的傳，東漢鄭玄作的箋，唐孔穎達作的疏。而北宋歐陽脩的《毛詩本義》、南宋朱熹的《詩集傳》、清代陳奐的《毛詩傳疏》、馬瑞辰的《毛詩傳箋通釋》，這些著作，都是今人研讀《詩經》重要參考的書。

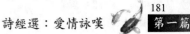
 本文

一、周南·關雎

關關雎鳩[1]，在河之洲[2]；窈窕淑女[3]，君子好逑[4]。

參差荇菜[5]，左右流之[6]；窈窕淑女，寤寐求之[7]。

求之不得，寤寐思服[8]，悠哉悠哉[9]，輾轉反側[10]。

參差荇菜，左右採之；窈窕淑女，琴瑟友之[11]。

參差荇菜，左右芼之[12]；窈窕淑女，鐘鼓樂之[13]。

---

1 關關雎鳩：「關關」是象聲詞，水鳥的叫聲。雎鳩，鳥名，俗稱魚鷹，善於捕魚。一說雌雄有固定配偶，情意專一。

2 洲：水中的陸地。

3 窈窕淑女：「窈窕」意是內心貞靜，外表美麗。「淑女」指善良美好的女子。

4 君子好逑：君子，泛指一般優雅男子，特指國君之子，貴族身分階級。好逑，好的配偶。好，音ㄏㄠˇ。

5 參差荇菜：參差，長短不一。荇菜，水生植物，荇菜非一般野菜，是一種潔淨水菜，古人用以供祭祀。

6 左右流之：順著水流的方向採荇菜的嫩葉。左右，河的兩邊。「流」是動詞。

7 寤寐：寤，醒。寐，睡。

8 思服：意思是「思念」。「服」在古漢語中有「念」或「思」的意思。

9 悠哉悠哉：形容思念之深。

10 輾轉反側：翻來覆去無法入眠。

11 琴瑟友之：意指彈琴鼓瑟來親近她。古琴有五弦或七弦；古瑟為二十五弦。友，親也。

12 左右芼之：用手採摘。芼，音ㄇㄠˋ。

13 鐘鼓樂之：敲鐘打鼓迎娶她。鐘鼓古代為高規格樂器，說明她出身高貴。

二、周南·桃夭

桃之夭夭[14]，灼灼其華[15]。之子于歸[16]，宜其室家。

桃之夭夭，有蕡其實[17]。之子于歸，宜其家室。

桃之夭夭，其葉蓁蓁[18]。之子于歸，宜其家人。

14　桃之夭夭：茂盛的桃樹。

15　灼灼其華：鮮豔的桃花。

16　之子于歸：之子，那個人。于歸，指女子出嫁

17　有蕡其實：花盛而果實盛大。蕡，音ㄈㄣˊ。

18　其葉蓁蓁：樹葉的濃蔭。

三、邶風‧擊鼓

擊鼓其鏜[19]，踴躍用兵[20]。土國城漕[21]，我獨南行。

從孫子仲[22]，平陳與宋[23]。不我以歸，憂心有忡[24]。

爰居爰處[25]？爰喪其馬？於以求之？於林之下。

死生契闊[26]，與子成說[27]。執子之手，與子偕老。

于嗟闊兮[28]，不我活兮。于嗟洵兮，不我信兮[29]。

---

19 擊鼓其「鏜」：音ㄊㄤ，鼓聲。

20 踴躍用兵：正操練軍隊。踴躍，提振精神。兵指兵器。

21 土國城漕：在國都或漕邑修築城牆。土，以土築牆。

22 從孫子仲：衛國將領公孫文仲。

23 「平」陳與宋：意指平定亂事，一說聯合。

24 憂心有「忡」：音ㄔㄨㄥ，憂慮不安。

25 爰居爰處：指隨軍紮營。爰，於是。

26 死生契闊：死生相與結合，不相離棄。

27 與子「成說」：立下誓言。

28 于嗟闊兮：嗟嘆相隔太遙遠。

29 不我信兮：對你的信誓永遠也無法兌現。

析

一、周南‧關雎

　　《詩經》是中國第一部詩歌總集，〈關雎〉又是《詩經》的第一首詩，顯示這首詩的重要性，代表周人對婚姻愛情的重視，歷來對此詩的解釋歸納起來有三說法，一、諷刺詩，認為諷刺周康王晏起，而荒於政事，臣子借歌詠此詩進行諷刺，西漢時代的解經家，往往「以三百篇當諫書」可為代表；二、贊美文王夫婦之德的詩，詩中雖沒有文王夫婦的字眼，但詩中所表現的感情真摯以及正常的禮樂活動，不是文王夫婦的德又有誰呢？文王夫婦的德足以作為教化人民生活的典範，這種說法使《詩經》從西漢諷刺詩，一變成為一部教化百姓的教材，這是東漢直至清代主要說法，三、愛情詩，表現社會上一般的男子愛戀追求女子到結婚的過程，這是五四運動以來至現代的主要說法。

　　人倫之始，肇端於夫婦，夫婦和諧的婚姻生活為社會安定和諧的基礎，但社會上總是存在不美滿的婚姻，因此一樁美好的婚姻是人人所祝願的。〈關雎〉這是一首婚姻愛情詩，尤其側重描寫迎娶的過程。

　　首章四句以雎鳩求偶起興，自由聯想到婚姻愛情，淑女是君子的佳偶；關關，狀聲詞，雎鳩是一種雌雄有固定配偶，情意專一的水鳥。窈窕，疊韻詞，形容女子的美，更側重內在美的描寫，詩中借由的聲音及文字意象，傳達出北地春天明媚的光景圖像，在黃河的沙洲上，雎鳩鳥正關關的呼引伴侶，從而聯想到氣質優雅、形貌德行兼具的女子，正是君子適當的匹配。

　　二章八句，前四句，以荇菜起興，寫出男子所追求的這位女子在水邊採摘荇菜的形貌動作，「荇菜」不是一般的野菜，而是潔淨的水生植物，古代用它來供奉祭祀宗廟，可見這位意中人身分高貴，不同於一般平民。後四句則更進一步描寫主人公的情感和心理的活動，在追求過程中遇到不順，導致

朝思暮想，輾轉難眠。不論醒時或睡夢都想與她結為連理，「悠哉悠哉」，既是形容夜晚時間的悠長，也是表示思念的深長，「輾轉反側」是翻來覆去睡不著覺；詩人在此深刻的寫出一般人共同的經驗，一個人為追求愛情而煩惱、而焦慮的心理變化；但即使煩惱、焦慮，卻不放棄，反而更積極追求。這就是孔子所稱讚〈關雎〉的「樂而不淫，哀而不傷」、「發乎情，止乎禮」的地方。

三章四句，以荇菜起興，寫出主人公克服了阻礙與不順，終於贏得意中人的芳心，成為了真正一對戀人，「琴瑟友之」，既是象徵男女感情交往的協調和諧，也是祝願這對戀人婚後能夠琴瑟和鳴，真愛永固。

四章四句，以荇菜起興，寫迎親熱鬧的場景，鐘鼓樂之，敲鐘打鼓來迎娶她，使她快樂，這是對婚姻禮儀活動的描寫，鐘鼓是古代貴重的樂器，代表這對新人的身分地位，這位淑女異於一般的平民百姓。必須以隆重的禮儀來迎娶，一場隆重盛大的迎親場面，躍然紙上。

二、周南‧桃夭

人生最美麗的時刻，就是當新娘的那一天，這是一首賀婚詩，寫女子出嫁，詩開始用桃花起「興」，人間四月桃花盛開，點出結婚的正當時令，春天這是一景色爛漫，充滿生命力量的時節，而春天的桃樹從長出嫩芽到綻放鮮紅桃花，正像一位荳蔻年華的少女長成亭亭玉立的淑女。

首章四句，桃之夭夭，以夭夭形容桃樹盛大，借喻女子正當出嫁的年齡，「灼灼其華」，以灼灼形容花開，是說桃花鮮豔到足以焯人眼目。用桃花鮮豔來形容出嫁女子的美豔動人；進而聯想到「之子于歸，宜其室家」。「于歸」特別用於女子出嫁，這位女子出嫁，嫁到夫家，作了主婦，將會帶給這個家上下和諧，家運興旺。

二章四句 寫果實的多而碩大，茂盛的桃樹，已經結出豐碩的果實。「有蕡其實」，孔穎達疏曰：「非但有華色，又有婦德。」詩中的「實」，本來是指桃子，這裡借喻為女子的「婦德」，這樣的女子出嫁到夫家，多麼適合他的家庭！

三章四句。描寫樹葉，茂盛的桃樹，濃蔭的樹葉。用桃樹樹葉的濃蔭來形容女子的德很大，大到了可以庇蔭到她的一家人，這樣的女子出嫁，多麼適合他的家庭！

整首詩第一、二章寫桃花從春天抽芽、開花，到結果，花盛則果實大，象徵女子未出嫁之前，在家之時，那種充滿生機勃勃的生命力量。第三章寫葉子的茂盛，象徵女子嫁到夫家，成為夫家主婦，開枝散葉，蔭澤子孫，帶來家族興旺；整首詩採用了層層遞進，井然有序，互為補充，互為因果的寫作方式，表現上融合象徵、比喻的手法運用，達到語言精煉，渾然天成的效果，是《詩經》賀婚詩典型的代表作品之一。

三、邶風·擊鼓

征戰搖役造成家庭的離散，夫妻愛情遭受到嚴苛的考驗，這是一首控訴戰爭的敘事詩，與前面〈關雎〉、〈桃夭〉兩首詩不同，前兩首每章反復吟詠，這首詩則沒重複，是一首有情節、有故事的敘事詩，其中《執子之手，與子偕老》更是常用於現今社會的結婚喜宴之上，作為祝願新人共結連理，一同白頭偕老的祝賀詞，而整首詩淒楚地道出了出征的士兵對家鄉與戀人的思念之情，但卻無法如願回到心上人身邊的哀怨。

這首詩的創作背景，根據《左傳》隱公四年記載說：衛國公子州吁弒桓公作了國君後，曾聯合陳、宋軍隊去攻打鄭國，派使公孫文仲帶軍平陳與宋。國人怨恨其勇而無禮。

　　詩分成五章：首章四句，寫出征的情形，在四處戰鼓聲頻傳，國家正在操練軍隊。自己成為戍卒，有人被派去國都蓋宮室，有人被派去漕邑修築城牆。而自己卻奉命南征去攻打宋人，只能無奈的離開家鄉。「土國於城漕」雖然也是勞役，還在國境以內，現在南行救陳，就更加艱苦了。詩人表達了對「土國城漕」者的羨慕。畢竟他們還能留下，而自己卻要踏上不可知的未來，正是這個「我獨南行」的獨字，使詩歌「怨」的主題更加突出。

　　第二章四句承接第一章，寫得更為綿密，跟著將領孫子仲去攻伐宋國。終於平定了宋國與陳國之亂。原以為打完仗就可回家，可是仗打完了卻不能回家。就使人更加憂慮不安，「從孫子仲，平陳與宋」，承接「我獨南行」而來。假使南行不久即返，這就還好。接續於後的兩句「不我以歸，憂心有忡」，打完了仗卻不能回家，這章敘事更向前推進，感情更為酸楚。

　　第三章四句承接第二章，寫兵荒馬亂，居無定所的茫然無措，戍卒隨軍紮營，一陣忙亂中，戰馬走失了。還好戰馬不是真的走失，原來牠跑到山林下面去了，想到此身居無定所，隨處飄零。惶惑無助的淒涼之情油然而生！

　　第四章承上啟下，轉寫夫妻分別時的信誓，曾經為你立下的承諾，希望此生與你相伴，一同老去，誰想到歸期難料，發過的誓言，將來永遠不能實現。本來「死生契闊，與子偕老」與下兩句「執子之手，與子成說」，應該作「執子之手，與子成說」「死生契闊，與子偕老」，但詩人為了以「闊」與「說」押韻，「手」與「老」押韻，所以將兩句對調，使得韻腳更加的緊湊，詩情更為激烈。

　　第五章呼應第四章，而寫戍卒嗟歎無法完成對愛人的誓言而怨懟不已，「于嗟闊兮」的「闊」，點出山高水闊，空間阻隔，只怕從此分離，永遠沒有機會再見面。「不我活兮」的「活」，使我不能活，「于嗟洵兮」的「洵」，是「遠」的假借，是指離散時間的久遠，聚合遙遙無期，對妻子的

信誓永遠也無法兌現。「不我信兮」的「信」，是「信誓」，承上章「成說」而言的。兩章互相緊扣，一絲不漏。

　　這首詩凡五章，前三章征人自敘出征情景，承接綿密，怨泣之情一層深過一層。後兩章轉到夫妻別時信誓，誰料到歸期難望，信誓無憑，上下緊扣，詞情激烈，整首詩寫出了出征的戰士，長期戍守邊疆，生死未卜，有家歸不得，此生永遠無法完成對愛人的誓言，一生的幸福就此斷送，讀來不禁令人鼻酸不已。

孟子節選

孟子

者

　　孟子（約西元前385～前304年），名軻。戰國中期的儒家代表人物。山東鄒城人，父名激，母仉（音ㄓㄤˇ）氏，孟子幼年蒙受母教，孟母三遷，斷機教子的故事，深入人心，長大後，進入子思門人的學堂學習，讀通五經，尤精通《詩》、《書》、《春秋》等學，《史記・孟荀列傳》說他：「道既通，游事齊宣王，宣王不能用。適梁，梁惠王不果所言，則見以為迂遠而闊于事情。當是之時，秦用商鞅，楚魏用吳起，齊用孫子、田忌。天下方務于合從連衡，以攻伐為賢。而孟軻乃述唐、虞、三代之德，是以所如者不合」，孟子發揮孔子學說，形成系統的理論，有「亞聖」之稱，與孔子並稱為「孔孟」。

　　《孟子》一書，為孟子帶領門徒遊說各國，不被當時各國所接受，退隱之後與弟子一起的著述，共有七篇，篇目為：〈梁惠王〉、〈公孫丑〉、〈滕文公〉、〈離婁〉、〈萬章〉、〈告子〉、〈盡心〉，每篇各分上、下。

　　孟子學說出發點為性善論，強調人性平等，通過教化修養，擴充四端之心，人人皆可成堯舜，政治上提出「仁政」、「王道」的理想。南宋時朱熹將《孟子》與《論語》、《大學》、《中庸》合在一起稱作「四書」。從元以後到清末，「四書」一直是科舉必考的內容。現今《十三經注疏》中的《孟子》，採用漢・趙歧的注，宋・孫奭的疏，孟子文章的特色，在於擅長於辯論，氣勢磅礡，說理通達，議論詳盡。

本文

一、匡章之不孝

公都子[1]曰：「匡章[2]，通國[3]皆稱不孝焉。夫子與之遊，又從而禮貌之，敢問何也？」孟子曰：「世俗所謂不孝者五：惰其四支，不顧父母之養，一不孝也；博弈好飲酒，不顧父母之養，二不孝也；好貨財，私妻子，不顧父母之養，三不孝也；從耳目之欲，以為父母戮[4]，四不孝也；好勇鬥很[5]，以危父母，五不孝也。章子有一於是乎？」

夫章子，子父責善而不相遇也[6]。責善，朋友之道也；父子責善，賊恩之大者。夫章子，豈不欲有夫妻子母之屬哉？為得罪於父，不得近。出妻屏子，終身不養焉。其設心以為不若是，是則罪之大者，是則章子已矣。（離婁下）

1　公都子：孟子學生。
2　匡章：戰國齊人。
3　通國：全國。
4　以為父母戮：使父母蒙受羞辱。
5　很：今作「狠」，兇暴。
6　「子父責善」而不相遇也：父子間責求規過勸善。

二、舜樂而忘天下

桃應[7]問曰：「舜為天子，皋陶為士[8]，瞽瞍[9]殺人，則如之何？」孟子曰：「執之而已矣。」「然則舜不禁與？」曰：「夫舜惡得而禁之？夫有所受之也[10]。」「然則舜如之何？」曰：「舜視棄天下，猶棄敝蹝[11]也。竊負而逃，遵海濱而處，終身訢然，樂而忘天下。」（盡心上）

三、舜不告而娶

萬章問曰：「《詩》云[12]：『娶妻如之何？必告父母。』信斯言也，宜莫如舜。舜之不告而娶[13]，何也？」

孟子曰：「告則不得娶。男女居室，人之大倫也。如告，則廢人之大倫，以懟[14]父母，是以不告也。」（萬章上節選）

7　桃應：孟子弟子。

8　皋陶為士：舜的賢臣，典獄長。皋陶，音ㄍㄠ　一ㄠˊ。士，獄官。

9　瞽瞍：亦作瞽叟，舜的父親。

10　夫有所受之也：意為皋陶逮捕瞽叟有所根據的。

11　猶棄敝蹝也：好像拋棄破舊草鞋。蹝，音ㄒㄧˇ。

12　《詩》云：指〈齊風‧南山〉之篇。

13　舜之不告而娶：舜不稟報父親瞽叟而娶了堯的女兒娥皇、女英。

14　懟：怨恨。

析

一、匡章之不孝

　　本文選自《孟子・離婁下》，孝道是家庭教育的核心，也是齊家的根本，世人無不重視孝道，儒家最為重視孝道，提倡孝道，所謂「孝弟也者，其為仁之本與」，但社會常有不孝的例子，可見家庭親子相處是不簡單的，而家庭中親子的相處，是社會人際關係的縮影，《孟子》書中對於孝道，反覆論述，極為深入。

　　匡章為齊國的大將，曾深受齊威王與宣王重用，甚有戰功，但他卻生長在不幸的家庭裡面，匡章的父親是齊國的貴族，因與其母親生活不睦，後來竟將匡章母親殺死，埋在馬廄中，不准家人辦喪禮，匡章極力勸諫父親安葬母親，因而得罪父親被趕出家門，並斷絕父子關係，匡章不能在家奉養父親，也對母親安葬無有所幫助，內心以為既無法奉養父親，也不想讓自己妻子兒女奉養自己，因此將妻兒送回娘家，寧願自己生活，認為不這樣，罪過就太大，因而蒙受不孝的罪名，

　　孟子到齊國卻與他交往，因此引起學生公都子的困惑，講究儒家孝道的老師，竟然會與世俗認為不孝的匡子交遊，於是引發孟子進一步的辯明。孟子舉出當時社會所說的不孝的五種類型，即「世俗所謂不孝者五：惰其四支，不顧父母之養，一不孝也；博弈好飲酒，不顧父母之養，二不孝也；好貨財，私妻子，不顧父母之養，三不孝也；從耳目之欲，以為父母戮，四不孝也；好勇鬥很，以危父母，五不孝也」。而檢視匡章的所作所為，並沒有違反這五種不孝。

　　孟子認為匡章蒙受不孝誣名的癥結，出於不了解儒家所強調的「子父不相責善」，父子間如果責求規過勸善，缺乏委婉的溝通，易於造成關係的緊

張，就很容易傷害彼此間的親情。規過勸善是朋友之道，不是父子之道，父子天倫至親，以親情的和諧為重。諫親是為了引導父母回歸正道，必須注意態度與勸說的技巧。作為現代的我們更要從尊重的角度來理解父母，親子之間相處應以相互扶持取代責備；以溝通的方式取代權威管教，這樣才能創造家庭親子和諧的關係。

從孟子替匡子的辯護，讓我們看到儒家所重視的孝道，不是隨社會世俗流行的說法隨意附和，而是掌握原則，經過自己仔細判斷，並且以親情為重，委婉的去溝通，最重要的是孝道須發自內心的真誠與關懷。

二、舜樂而忘天下

本文選自《孟子‧盡心上》，孟子的學生桃應在此提出一個富於挑戰性的問題，當父母親犯了殺人的滔天大罪，作為兒子擁有權位，應該如何面對？是循情包庇？還是大義滅親？桃應舉舜為例問說：「舜為國君，皋陶為典獄長，當他的父親瞽叟殺了人，作為掌權者的舜，應如何處理自己的父親？」這問題考驗孟子的智慧。

孟子的回答：「叫法官直接逮捕起來就是」，桃應說：「難道舜不會進行干預？」孟子說：「舜不會這樣做，皋陶的逮捕是有根據的。」

那舜怎麼辦？孟子回答說：舜會將權位拋開，立即辭去國君的位子，拋棄權位好像拋棄破舊草鞋一樣，然後背負著父親沿著海濱脫逃，找一處沒人的地方住下來，從此高興的與父親一起生活，享受天倫之樂而忘了天下。

當權位與親情有衝突必須作選擇時，兩害相權取其輕，儒家寧可選擇不要權位，而選擇親情，但這並不就是說儒家重私情而不顧法律，如果舜當國君，在國君位置上又不執法就說不過去，一旦舜辭去國君成為一個普通的百姓時，那作為一個人的兒子，就有義務必須保護自己的家人，這是出自人

性的真實情感,「父為子隱,子為父隱,直在其中」,真正的儒家不會教人「大義滅親」,因為那是違反人性殘酷的事情,事實上,法律離不開人情。所以孝順,必須考量各種情況,採適當的作法,盡量作到合於情、理、法。

三、舜不告而娶

本文節選自《孟子・萬章上》,古代婚姻依禮須經父母作主同意,所謂「父母之命,媒妁之言」,這與現代講求自由戀愛、婚姻自主有很大的不同;孟子學生萬章對這件事疑惑的問老師說:「《詩經》中說:『娶妻一定要經過父母同意』,舜應是最明白此詩道理的人,舜作為人子,娶妻應稟告父母,但舜為何娶妻而不稟報父母?」這不是失禮嗎,不然就是舜的真誠出了問題?

孟子認為失禮事小,成全人倫為大,如果稟告,迷糊的瞽瞍,必然阻礙,那麼舜就無法成家,導致斷絕子嗣,祖先得不到祭祀,這就廢棄人倫大事,而且因為父母反對而無法娶妻生子,從而造成怨懟父母,導致親子關係的斷裂,所以就不稟告。可見孟子認為舜之對待自己婚姻大事的作法,不告而娶,反而才是發自真誠愛護父母的大孝心的表現。

聯繫到孟子在《離婁上》中提到「不孝有三,無後為大」說法,孟子認為舜娶妻不稟告父母,是為了要繁衍後代,並非不尊重父母,舜的行為,乃為大孝,「無後為大」這種傳宗接代的觀念曾經深遠的影響著中國人傳統,而這句話正是孟子為了替舜「不告而娶」這件事作辯護而說出來的。

母親的書

琦君

 作者

　　琦君，生於民國六年，本名潘希珍，浙江永嘉人。杭州之江大學中文系畢業。曾任司法行政部編審、文書科長，擔任中國文化大學、中央大學、中興大學等校教授；民國九十五年辭世，享壽九十。

　　「琦君」筆名的由來，是作者進入之江大學中文系就讀，曾受業於詞學大師夏承燾門下，因夏承燾老師取「希世之珍琦」的「琦」字來稱呼她，再加上「君」字的敬稱而來。

　　琦君的作品膾炙人口，享譽華文世界五十年。曾獲中山文藝獎、新聞局優良著作金鼎獎、國家文藝獎。散文集《煙愁》入選「台灣文學經典」；小說《橘子紅了》被改編為電視連續劇，轟動兩岸。並獲海外華文女作家大會中獲頒「終身成就獎」；中央大學成立「琦君研究中心」，以彰顯琦君的文學成就，琦君的故鄉永嘉縣，亦成立了琦君文學館，足見琦君在現代文學的重要地位。

　　琦君的作品，內容豐富，分為家塾啟蒙、學堂授業、抗戰離亂、遷台安居、旅居美國、返國定居等期，文字洗鍊精簡、清麗雋永，書寫童年記憶、故鄉人事的懷舊散文緊扣自己的生命歷程，構成一片有情世界，情感真摯，溫馨感人。代表作有《紅紗燈》、《三更有夢書當枕》、《桂花雨》、《留予他年說夢痕》等。

　　母親在忙完一天的煮飯，洗衣，餵豬、雞、鴨之後，就會喊著我說：「小春[1]呀，去把媽的書拿來。」

　　我就會問：「哪本書啊？」「那本橡皮紙的。」我就知道媽媽今兒晚上心裡高興，要在書房裡陪伴我，就著一盞菜油燈光，給爸爸繡拖鞋面了。

　　橡皮紙的書上沒一個字，實在是一本「無字天書」裡面夾的是紅紅綠綠彩色繽紛的絲線，白紙剪的朵朵花樣。還有外婆給母親繡的一雙水綠緞子鞋面，沒有做成鞋子，母親就這麼一直夾在書裡，夾了將近十年。外婆早過世了，水綠緞子上繡的櫻桃仍舊鮮紅得可以摘來吃似的。一對小小的喜鵲，一隻張著嘴，一隻合著嘴，母親告訴過我，那隻張著嘴的是公的，合著嘴的是母的。喜鵲也跟人一樣，男女性格有別。母親每回翻開書，總先翻到夾得最最厚的這一頁。對著一雙喜鵲端詳老半天，嘴角似笑非

1　小春：琦君的小名叫春英，本名潘希珍。

笑，眼神定定的，像在專心欣賞，又像在想什麼心事。然後再翻到另一頁。用心地選出絲線，繡起花來。好像這雙鞋面上的喜鵲櫻桃，是母親永久的樣本，她心裡甚麼圖案和顏色，都彷彿從這上面變化出來的。

母親為甚麼叫這本書為橡皮紙書呢？是因為書頁的紙張又厚又硬，像樹皮的顏色，也不知是甚麼材料做的，非常的堅韌，在怎麼翻也不會撕破，又可以防潮濕。母親就給它一個新式的名稱──橡皮紙。其實是一種非常古老的紙，是太外婆親手裁訂起來給外婆，外婆再傳給母親的。書頁是雙層對摺，中間的夾層裡，有時會夾著母親心中的至寶，那就是父親從北平的來信，這才是「無字天書」中真正的「書」了。母親當著我，從不抽出來重讀，直到花兒繡累了，菜油燈花也微弱了，我背論語孟子背得伏在書桌上睡著了，她就會悄悄地抽出信來，和父親隔著千山萬水，低訴知心話。

　　還有一本母親喜愛的書，也就是我記憶中非常深刻的，那就是怵目驚心的「十殿閻王[2]」。粗糙的黃標紙上，印著簡單的圖畫。是陰間十座閻王殿裡，面目猙獰的閻王、牛頭馬面，以及形形色色的鬼魂。依著他們在世為人的善惡，接受不同的獎賞與懲罰。懲罰的方式最恐怖，有上尖刀山、落油鍋、被猛獸追撲等等。然後從一個圓圓的輪迴中轉出來，有升為大官大富翁的，有變為乞丐的，也有降為豬狗、雞鴨、蚊蠅的。母親對這些圖畫好像百看不厭，有時指著它對我說：「陰間與陽間的隔離，就只在一口氣。活著還有這口氣，就要做好人，行好事。」母親常愛說的一句話是：「不要扯謊，小心拔舌耕犁啊。」「拔舌耕犁」也是這本書裡的一幅圖畫，畫著一個被頭散髮女鬼，舌頭被拉出來，刺一個窟窿，套著犁頭由牛拉著耕田，是對說謊者最重的懲罰。所以她常拿來警告人。外公說十殿閻王是人心裡想出來的，所以天堂與地獄都在人心中。但因果報應是一定有的，佛經上說的明明白白的囉。

2　十殿閻王：傳統佛、道混合和民間信仰的產物，是統治陰曹地府的主宰。十王，即一殿秦廣王、二殿楚江王、三殿宋帝王、四殿五官王、五殿閻羅王、六殿卞城王、七殿泰山王、八殿平等王、九殿都市王、十殿轉輪王。此十王各司其職，分別審判亡者在陽世間所犯的罪業，而施以刑罰。

　　母親生活上離不了手的另一本書是黃曆。她在床頭小几抽屜裡，廚房碗櫥抽屜裡，都各放一本，隨時取出來翻查，看今天是甚麼樣的日子。日子的好壞，對母親來說是太重要了。她萬事細心，甚麼事都要圖個吉利。買豬仔、修理牛欄豬栓、插秧、割稻都要揀好日子。臘月[3]裡做酒、蒸糕更不用說了。只有母雞孵出一窩小雞來，由不得她揀在哪一天，但她也要看一下黃曆。如果逢上大吉大利的好日子，她就好高興，想著這一窩雞就會一帆風順地長大，如果不巧是個不太好的日子，她就會叫我格外當心走路，別踩到小雞，在天井裡要提防老鷹攫去。有一次，一隻大老鷹飛撲下來，母親放下鍋鏟，奔出來趕老鷹，還是被啣[4]走了一隻小雞。母親跑的太急，一不小心，腳踩著一隻小雞，把牠的小翅膀踩斷了。小雞叫得好悽慘，母雞在我們身邊團團轉，咯咯咯的悲鳴。母親身子一歪，還差點摔了一跤。我扶她坐在長凳上，她手掌心裡捧著受傷的小雞，又後悔不該踩到她，又心痛被老鷹啣走的小雞，眼淚一直

3　臘月：農曆的十二月稱為臘月。

4　啣：通「銜」，用嘴巴含著。

的流，我也要哭了。因為小雞身上都是血，那情形實在悲慘。外公趕忙倒點麻油，抹在牠的傷口，可憐的小雞，叫聲越來越微弱，終於停止了。母親邊抹眼淚邊唸往生咒，外公說：「這樣也好，六道[5]輪迴，這隻小雞已經又轉過一道，孽也早一點償清，可以早點轉世為人了。」我又想起「十殿閻王」裡那張圖畫，小小心靈裡，忽然感覺到人生一切不能自主的悲哀。

　　黃曆[6]上一年二十四個節日，母親背得滾瓜爛熟。每次翻開黃曆，要查眼前這個節日在哪一天，她總要從頭唸起，一直唸到當月的那個節日為止。我也跟著背：「正月立春、雨水，二月驚蟄、春分，三月清明、穀雨…」但也許是因為八月裡有個中秋節，詩裡面形容中秋節月亮的句子那麼多。每回唸到八月的白露、秋分時，不知為甚麼，心裡總有一絲淒淒涼涼的感覺。小小年紀，就興起「一年容易又秋風」的慨嘆。中秋節是應當全家團圓的，而一年盼一年，父親與大哥總是在北平遲遲不歸。還有老師教過

5　六道：可分為三善道和三惡道。三善道為天、人、阿修羅；三惡道為畜生、餓鬼、地獄。

6　黃曆：清室頒布之曆法，包含了陰曆及二十四節氣，用以指導人民耕作。

我詩經裡的蒹葭篇[7]：「蒹葭蒼蒼[8]，白露為霜，所謂伊人，在水一方。溯迴[9]從之，道阻且長，溯遊[10]從之，宛在水中央。」我當時覺得「宛在水中央」不大懂，而且有點滑稽。最喜歡的是頭兩句。「白露為霜」使我聯想起「鬢邊霜」，老師教過我那是比喻白髮。我時常抬頭看一下母親的額角，是否已有「鬢邊霜」了。

　　母親當然還有其他好多書，像花名寶卷[11]、本草綱目[12]、繪圖烈女傳、心經、彌陀經等的經書。她最最恭敬的當然是佛經。每天點了香燭，跪在蒲團上唸經。一頁一頁的翻過去，有時一卷都唸完了，也沒看她翻，原來她早已會背了。我坐在經堂左角的書桌邊，專心致志地聽她唸經，音調忽高忽低，忽慢忽快，卻是每一個字唸得清清楚楚，正正確確。看她閉目凝神的那份虔誠，我也靜靜地坐著一動也不動。唸完最後一卷經，她還要再唸一段像結語

7　蒹葭篇：出自《詩經·秦風》。

8　蒹葭蒼蒼：蒹葭，音ㄐㄧㄢ ㄐㄧㄚ，指初生的蘆葦。蒼蒼：茂盛。

9　溯迴：逆流而上。

10　溯遊：順流而下。

11　花名寶卷：民國初，民間有一種「勸人為善」的故事說唱，稱「說寶卷」。原多為僧侶作佛事時吟唱，卷本唱詞為七字、十字組成的韻文；〈花名寶卷〉為卷目之一。

12　本草綱目：作者為李時珍。是一部集16世紀以前，中國歷史上本草學大成的著作。

那樣的幾句。最末兩句是「四十八願度眾生，九品咸令登彼岸。」唸完這兩句，母親寧靜的臉上浮起微笑，彷彿已經度了終身，登了彼岸了。我望著燭光搖曳，爐煙繚繞，覺得母女二人在空蕩蕩的經堂裡，總有點冷冷清清。

本草綱目是母親做學問的書，那裡面那麼多木字旁、草字頭的字，母親實在也認不得幾個。但她總把它端端正正擺在床頭几上，偶然翻一陣，說來也頭頭是道。其實都是外公這位山鄉郎中口頭傳授給她的，母親只知道出典都在這本書裡就是了。

母親沒有正式認過字，讀過書，但在我心中，她卻是博古通今的。

賞析

母親是家庭中小孩的第一位老師，母親身教、言教無不影響著孩子的的一生，琦君一生最受母親的影響，文中所稱的母親，事實上是大伯母，由於生母在她四歲時辭世，臨終時將她託付給大伯父大伯母，伯父名潘鑑宗、伯母名葉夢蘭，伯父母就是琦君口中所稱的父母，琦君出身官宦家庭，受到良好的教養，父親後來官拜中將，母親官宦家庭的女主人，但沒有一絲官夫人的架子，整個大宅院由她掌理，日常生活中，從煮飯、餵養雞、鴨、到插秧、播種，收成，凡事親力親為，她教養女兒，從小就讓她一起參與工作，以避免養成嬌生慣養的習性，但是對於大的過錯，也絕不縱容，琦君在這樣好的家庭環境下成長，母親給予琦君童年的愛，對日後琦君寫作與做人都產生非常深遠的影響。

〈母親的書〉，選自琦君《留予他年說夢痕》一書，題旨透過母親的書追憶孩童時期與母親的互動及生活的點滴，來發抒懷念母親的情懷。文中歷述母親所藏、所愛、所信的書，包括：《橡皮紙書》、《十殿閻王》、《黃曆》、《佛經》、《本草綱目》等，文章一開始列出「無字天書」，琦君母親稱它為《橡皮紙書》，這是每當晚上陪她讀書時，叫她拿出的書，這書在書頁間夾著一雙鞋面的刺繡樣本，是她太外婆親手裁訂傳下給她母親的珍寶。另外，是因為書中藏著她父親從北平的來信，這是「無字天書」中真正的「書」，這段文字表現作者從小能體貼母親的心思，又能感受母親對父親深愛之意，也表現出琦君對母親懷想之深。

《十殿閻王》，是琦君母親喜愛的書，琦君母親會指著圖畫對她說：活著就要做好人，行好事；不要扯謊，小心拔舌耕犁；深信因果，經由母親對琦君的教育，善根種子已在童年時期萌芽。

《黃曆》是琦君母親日常生活的指針，琦君母親凡事都要圖個吉，揀好日子；二十四節日，背得滾瓜爛熟，每次要查眼前節日在哪一天，琦君每唸到八月白露、秋分時，心裡總興起一年容易又秋風的慨嘆。表現作者從小就有善感的氣質，所以能與母親同悲共喜。

佛經是琦君母親最恭敬的書，琦君說她坐書桌邊，專心聽母親唸經，看她閉目凝神時的那分虔誠；唸完經，寧靜的臉上浮起微笑，彷彿已經得度登岸。寫出琦君母親對於信仰的虔誠，並通過誦經念佛，放下人世的悲苦，獲得心靈的淨化，琦君耳濡目染，長期薰習，母親對女兒的人生起了潛移默化的作用。

《本草綱目》是琦君母親認識字、做學問的書，對書中那麼多的字，琦君母親實在認不得幾個，但她對書的恭敬態度，就非常令人尊敬，偶然說來也頭頭是道，可見她是懂得活學活用的人。

文末點明母親在琦君的心中的地位，她沒有正式認過字，讀過書卻是博古通今的；表現琦君對母親的知識、學問充滿了景仰與崇敬之情。

俗語說：「生的放一邊；養的大過天。」意指養育之恩比天還要偉大，通過琦君〈母親的書〉，讓我們見到一位具有傳統婦女的典型，她在家相夫教子，白天忙於家事，夜裡陪女兒讀書，空閑時誦經念佛、恭敬虔誠，堅信果報輪迴，凡事親力親為，性格寬厚仁慈，身教言教一致，琦君母親的一言一行對童年時期的琦君起著良好的教育示範作用，藉由琦君含蓄蘊藉的文字，讓我們見到家庭親職教育母女之間緊密互動，並感受到琦君對母親的思念及尊崇，讀完之後心中油然而生一股溫馨的暖流。

沙漠中的飯店
三毛

作者

　　三毛（西元1943~1991年），原名陳懋平，後來改名為陳平，祖籍浙江省定海，出生於重慶，成長於台北。文化大學哲學系肄業、西班牙馬德里大學文哲學院、德國歌德語文學院畢業，婚後定居西屬撒哈拉沙漠加納利島，並以當地生活為背景，寫成一系列膾炙人口的作品，是1970~1980年代的著名作家。1970年代以其在撒哈拉沙漠的生活及見聞為背景，以幽默的文筆發表充滿異國風情的散文作品成名，其讀者遍布全世界華人社群。1991年榮總住院時逝世。享年四十八。

　　三毛英文名叫ECHO，三毛本是筆名，從三毛的《鬧學記》序中提及「三毛」二字中暗藏一個《易經》的乾卦。但三毛本人曾說過：起初起此名，是因為喜歡張樂平先生的《三毛流浪記》；另有一個原因就是說自己寫的東西很一般，只值三毛錢。

　　三毛發表作品23部，約500萬字，代表作《撒哈拉的故事》、《傾城》、《滾滾紅塵》、《萬水千山走遍》，短篇小說集《稻草人手記》、《送你一匹馬》等。

我的先生很可惜是一個外國人。這樣來稱呼自己的先生不免有排外的味道，但是因為語文和風俗在各國之間確有大不相同之處，我們的婚姻生活也實在有許多無法共通的地方。

當初決定下嫁給荷西時，我明白的告訴他，我們不但國籍不同，個性也不相同，將來婚後可能會吵架甚至於打架。他回答我：「我知道妳性情不好，心地卻是很好的，吵架打架都可能發生，不過我們還是要結婚。」於是我們認識七年之後終於結婚了。

我不是婦女解放運動的支持者，但是我極不願在婚後失去獨立的人格和內心的自由自在化，所以我一再強調，婚後我還是「我行我素」，要不然不結婚。荷西當時對我說：「我就是要妳『妳行妳素』，失去了妳的個性和作風，我何必娶妳呢！」好，大丈夫的論調，我十分安慰。做荷西的太太，語文將就他。可憐的外國人，「人」和「入」這兩個字教了他那麼多遍，他還是分不清，我只

有講他的話，這件事總算放他一馬了。（但是將來孩子來了，打死也要學中文，這點他相當贊成。）

閒話不說，做家庭主婦，第一便是下廚房。我一向對做家事十分痛恨，但對煮菜卻是十分有興趣，幾枝洋蔥，幾片肉，一炒變出一個菜來，我很欣賞這種藝術。

母親在台灣，知道我婚姻後因為荷西工作的關係，要到大荒漠地區的非洲去，十二分的心痛，但是因為錢是荷西賺，我只有跟了飯票走，毫無選擇的餘地。婚後開廚不久，我們吃的全部是西菜。後來家中航空包裹飛來接濟，我收到大批粉絲、紫菜、冬菇、生力面、豬肉乾等珍貴食品，我樂得愛不釋手，加上歐洲女友寄來罐頭醬油，我的家庭「中國飯店」馬上開張，可惜食客只有一個不付錢的。（後來上門來要吃的朋友可是排長龍啊！）

其實母親寄來的東西，要開「中國飯店」實在是不夠，好在荷西沒有去過台灣，他看看我這個「大廚」神氣活現，對我也生起信心來了。

第一道菜是「粉絲煮雞湯」。荷西下班回來總是大叫：「快開飯啊，要餓死啦！」白白被他愛了那麼多年，

回來只知道叫開飯，對太太卻是正眼也不瞧一下，我這「黃臉婆」倒是做得放心。話說第一道菜是粉絲煮雞湯，他喝了一口問我：「咦，什麼東西？中國細麵嗎？」「你岳母萬里迢迢替你寄細麵來？不是的。」「是什麼嘛？再給我一點，很好吃。」我用筷子挑起一根粉絲：「這個啊，叫做『雨』。」「雨？」他一呆。我說過，我是婚姻自由自在化，說話自然心血來潮隨我高興。「這個啊，是春天下的第一場雨，下在高山上，被一根一根凍住了，山胞紮好了背到山下來一束一束賣了換米酒喝，不容易買到哦！」荷西還是呆呆的，研究性的看看我，又去看看盆內的「雨」，然後說：「妳當我是白痴？」我不置可否。「你還要不要？」回答我：「吹牛大王，我還要。」以後他常吃「春雨」，到現在不知道是什麼東西做的。有時想想荷西很笨，所以心裡有點悲傷。

第二次吃粉絲是做「螞蟻上樹」，將粉絲在平底鍋內一炸，再灑上絞碎的肉和汁。荷西下班回來一向是餓的，咬了一大口粉絲，「什麼東西？好像是白色的毛線，

又好像是塑膠的？」「都不是，是你釣魚的那種尼龍線，中國人加工變成白白軟軟的了。」我回答他。他又吃了一口，莞爾一笑，口裡說著：「怪名堂真多，如果我們真開飯店，這個菜可賣個好價錢，乖乖！」那天他吃了好多尼龍加工白線。第三次吃粉絲，是夾在東北人的「合子餅」內與菠菜和肉絞得很碎當餅餡。他說：「這個小餅裡面妳撒了鯊魚的翅膀對不對？我聽說這種東西很貴，難怪妳只放了一點點。」我笑得躺在地上。「以後這隻很貴的魚翅膀，請媽媽不要買了，我要去信謝謝媽媽。」我大樂，回答他：「快去寫，我來譯信，哈哈！」

有一天他快下班了，我趁他忘了看豬肉乾，趕快將藏好的豬肉乾用剪刀剪成小小的方塊，放在瓶子裡，然後藏在毯子裡面。恰好那天他鼻子不通，睡覺時要用毛毯，我一時裡忘了我的寶貝，自在一旁看那第一千遍《水滸傳》。他躺在床上，手裡拿個瓶子，左看右看，我一抬頭，嘩，不得了，「所羅門王寶藏」[1]被他發現了，趕快

1　所羅門王寶藏：《所羅門王的寶藏》(King Solomon's Mines)是英國小說家亨利‧萊特‧哈葛德(Hennry Rider Haggard)的成名作。據說所羅門王在耶路撒冷建立一座聖殿，藏有無數的珍寶。《所羅門王的寶藏》即透過這段歷史說明寶藏是放置在非洲的某個角落。

去搶，口裡叫著：「這不是你吃的，是藥，是中藥。」我鼻子不通，正好吃中藥。」他早塞了一大把放在口中，我氣極了，又不能叫他吐出來，只好不響了。「怪甜的，是什麼？」我沒好氣的回答他：「喉片，給咳嗽的人順喉頭的。」「肉做的喉片？我是白痴啊？」第二天醒來，發覺他偷了大半瓶去送同事們吃，從那天起，只要是他同事，看見我都假裝咳嗽，想再騙豬肉乾吃，包括回教徒在內。（我沒再給回教朋友吃，那是不道德的。）

反正夫婦生活總是在吃飯，其他時間便是去忙著賺吃飯的錢，實在沒多大意思。有天我做了飯捲，就是日本人的「壽司」，用紫菜包飯，裡面放些唯他肉鬆。荷西這一下拒吃了。「什麼，你居然給我吃印藍紙、複寫紙？」我慢慢問他，「你真不吃？」「不吃，不吃。」好，我大樂，吃了一大堆飯捲。「張開口來我看！」他命令我。「你看，沒有藍色，我是用反面複寫紙捲的，不會染到口裡去。」反正平日說的是唬人的話，所以常常胡說八道。「妳是吹牛大王，虛虛實實，我真恨妳，從實招來，是什麼嘛？」「你對中國完全不認識，我對我的先生相當失

望。」我回答他，又吃一個飯捲。他生氣了，用筷子一夾夾了一個，面部大有壯士一去不復返的悲壯表情，咬了半天，吞下去。「是了，是海苔。」我跳起來，大叫：「對了，對了，真聰明！」又要跳，頭上吃了他一記老大爆栗。

中國東西快吃完了，我的「中國飯店」也捨不得出菜了，西菜又開始上桌。荷西下班來，看見我居然在做牛排，很意外，又高興，大叫：「要半生的。馬鈴薯也炸了嗎？」連給他吃了三天牛排，他卻好似沒有胃口，切一塊就不吃了。「是不是工作太累了？要不要去睡一下再起來吃？」「黃臉婆」有時也尚溫柔。「不是生病，是吃得不好。」我一聽唬一下跳起來。「吃得不好？吃得不好？你知道牛排多少錢一斤？」「不是的，太太，想吃『雨』，還是岳母寄來的菜好。」「好啦，中國飯店一星期開張兩次，如何？你要多久下一次『雨』？」

有一天荷西回來對我說：「了不得，今天大老闆叫我去。」「加你薪水？」我眼睛一亮。「不是──」我一把抓住他，指甲掐到他肉裡去。「不是？完了，你給開

除了？天啊，我們──「別抓我嘛，神經兮兮的，妳聽我講，大老闆說，我們公司誰都被請過到我家吃飯，就是他們夫婦不請，他在等妳請他吃中國菜──」「大老闆要我做菜？不幹不幹，不請他，請同事工友我都樂意，請上司吃飯未免太沒骨氣，我這個人啊，還談些氣節，你知道，我──」我正要大大宣揚中國人的所謂骨氣，又講不明白，再一接觸到荷西的面部表情，這個骨氣只好梗在喉嚨裡啦！

第二日他問我，「喂，我們有沒有筍？」家裡筷子那麼多，不都是筍嗎？」他白了我一眼。「大老闆說要吃筍片炒冬菇。」乖乖，真是見過世面的老闆，不要小看外國人。「好，明天晚上請他們夫婦來吃飯，沒問題，筍會長出來的。」荷西含情脈脈的望了我一眼，婚後他第一次如情人一樣的望著我，使我受寵若驚，不巧那天辮子飛散，狀如女鬼。

第二天晚上，我先做好三道菜，用文火熱著，佈置了有蠟炬台的桌子，桌上鋪了白色的桌布，又加了一塊紅的鋪成斜角，十分美麗。這一頓飯吃得賓主盡歡，不但菜

是色香味俱全，我這個太太也打扮得十分乾淨，居然還穿了長裙子。飯後老闆夫婦上車時特別對我說：「如果公共關係室將來有缺，希望妳也來參加工作，做公司的一分子。」我眼睛一亮。這全是「筍片炒冬菇」的功勞。

送走老闆，夜已深了，我趕快脫下長裙，換上破牛仔褲，頭髮用橡皮筋一綁，大力洗碗洗盤，重做灰姑娘狀使我身心自由。荷西十分滿意，在我背後問：「喂，這個『筍片炒冬菇』真好吃，妳哪裡弄來的筍？」我一面洗碗，一面問他：「什麼筍？」「今天晚上做的筍片啊！」我哈哈大笑：「哦，你是說小黃瓜炒冬菇嗎？」「什麼，妳，妳，妳騙了我不算，還敢去騙老闆──」「我沒有騙他，這是他一生吃到最好的一次『嫩筍片炒冬菇』，是他自己說的。」

荷西將我一把抱起來，肥皂水灑了他一頭一鬍子，口裡大叫：「萬歲，萬歲，妳是那隻猴子，那隻七十二變的，叫什麼，什麼……」我拍了一下他的頭，齊天大聖孫悟空[2]，這次不要忘了。」

2　齊天大聖孫悟空：形容無中生有的本領。

析

本文選自三毛《撒哈拉歲月》（皇冠文化出版）。夫婦是人倫中的第一倫，婚姻是夫妻生活的開始，結婚更是終身大事，選擇好對象共同組成家庭，營造百年好合的姻緣，是所有人共同的渴望，可是「相居聚容易相處難」，可見夫妻相處之道並不容易，尤其是現代社會離婚居高不下，更讓現代年輕人對婚姻生活望而卻步。現在的世界已為一地球村，每個人都可能至外國工作或到國外旅遊，有機會認識異性朋友將來成為結婚對象，異國婚姻已成為的常態。

三毛勇於追求自己的愛情，結識遠在異國的西班牙人荷西，由於語言文化風俗的隔閡，使她們兩人的愛情長跑經過了七年，是在慎重的考慮，對彼此的個性深入了解之後，才決定結婚，並非出於一時的衝動。

夫妻相處貴在真誠，三毛在結婚之前，明白的告訴荷西，自己的想法是甚麼，結婚之後有可能發生爭吵打架之事，但是獨立的人格，必須獲得尊重，這是三毛坦然直率的赤子之忱。荷西能欣賞三毛的個性，讓彼此保有各自的自由空間，因此他倆願意一起生活來克服艱困環境。

三毛因荷西工作的關係，隨著夫婿來到非洲撒哈拉生活，在廣漠的大地上，不免單調寂寥，除了工作，夫婦生活總是在吃飯，三毛對做家事十分痛恨，但對煮菜卻是十分有興趣，便以下廚煮菜，來回報荷西的愛，於是有「中國飯店」開張，生活在異國沙漠中的三毛的夫妻，尤其是三毛不習慣當地的飲食，生活異常的艱辛，但三毛總加以克服，在食材有限的條件下，利用了家人空運寄來的家鄉食物，加上歐洲友人贈送的醬油罐頭，調配出新奇又富於巧思的一道道菜色，從中營造生活中逗趣又快樂的氣氛，使荷西讚不絕口，文中同一的粉絲食材，經過創意巧思，配合成千變萬化的不同菜色，從「粉絲煮雞湯，以春雨形容粉絲，就顯得貼切妙趣。而「螞蟻上樹」以尼龍加工白線形容，真是浮想聯翩，創意十足，每次新奇都引荷西的稱讚不

已，讓這位洋夫婿見識到真正的中國菜，吃過一次就著迷，從此念念不忘，就是連給他吃了三天牛排，他卻沒有胃口，切一塊就不吃了，一心想著中國菜；三毛表現機智巧思的地方還有將豬肉乾剪成小小的方塊，當成喉片，以及用紫菜包飯，裡面放些唯他肉鬆做了飯卷的「壽司」讓荷西驚呼連連；開張的中國飯店，連荷西朋友都到家吃過飯，惟獨大老闆沒被請來吃過，在大老闆希望品嚐筍片炒冬菇的請求下，荷西勉為其難的應允下，在沒有筍片的情況下，三毛盛裝打扮以示隆重待客之道，並胸有成竹的以小黃瓜代替，料理出一道清脆爽口的菜色，更勝過筍片，騙過大老板，讓老闆夫妻吃過飯後讚不絕口，賓主盡歡，使得荷西對妻子更加的佩服；在荷西的心目中三毛的廚藝是齊天大聖孫悟空，那種無中生有的本領，讓荷西佩服得五體投地，除了對中國菜讚嘆不已，更對賢妻深愛有加；透過三毛對其夫妻間的趣味生活及逗趣對話的描述，讓我們看到家庭生活中夫妻的相處之道，允為異國婚姻生活的成功典範。

陪你一起找羅馬

廖玉蕙

作者

　　廖玉蕙，東吳大學中國文學博士，中正理工學院文史系副教授、東吳大學中文系兼任副教授，世新大學中文系教授，國立台北教育大學語文與創作學系教授、國立台北教育大學台灣文化研究所教授、國立台灣海洋大學共同教育中心講座教授等職務，教授現代散文、古典小說、戲劇等課程。曾獲中國文藝協會頒贈五四文藝獎章、中山文藝創作獎、中興文藝獎散文創作獎及吳魯芹文學獎。著有散文集《不信溫柔喚不回》、《嫵媚》、《如果記憶像風》、《讓我說個故事給你們聽》、《大食人間煙火》等十餘冊，小說集《賭他一生》、《淡藍氣泡》兩冊，繪本書《曾經的美麗》、《一本燦爛》兩冊，訪談錄《走訪捕蝶人》及學術論著《細說桃花扇》、《人生有情淚沾臆》等。作品被選入高中國文課本及多種選集。

那年，你十八歲，提起簡便的行李，毅然投奔住在洛杉磯的表姊，我的心情簡直忐忑到極點。你和表姊不過一面之緣，竟然敢迢迢[1]奔赴，我和你爸爸為你的勇氣感到驚異。然而，也確實沒法子了！聯考失利，前途茫茫，你說希望我們給你一個機會到外頭去闖闖看，我心裡雖然害怕，但眾裡尋它千百度，卻也找不出另一條路讓你走。

臨行的前一晚，哥哥怕久未謀面的表姊不認得你，熬夜為你掃描正、側面照片，用E-mail寄去，免得你在機場無人認領。從那以後，你用著貧乏的語彙和可笑的英文文法在異邦求學。從表姊家到homestay，從語言學校到社區大學，一年三季，每季開學，電話鈴響，最怕聽到的就是：「我把『海洋學』Drop掉了！」「我又把『政治學』Drop掉了！」我當然知道用中文念理化都不及格的你，用英文念海洋學是如何的困難。然而，既然選擇，只有硬著頭皮往前走。你在美國和學業做困獸之鬥，我則徘徊在台北的

1　迢迢：音ㄊㄧㄠˊ ㄊㄧㄠˊ，形容道路遙遠。

街頭和網路間，一邊替你找尋政治學、海洋學的中文譯本，一邊用頻繁且溫暖的電子郵件幫你打氣，希望你能越挫越勇。然而，期望總是難敵現實。

兩年多後的一個中午，例行的問候過後，你忽然在電話那頭怯怯地試探：「我實在讀不下去了，我可以回家嗎？」

雖然也覺得放棄可惜，也想鼓勵你堅持下去，卻聽出你聲音裡的顫抖與不安，立刻回說：「當然可以！明天就回來吧。」

我感覺到你的心情似乎一下子得到釋放，且笑且哭地回說：

「哪有那麼快！至少得等這期念完吧！……媽！你真的不介意嗎？這樣會不會沒面子？」

面子？誰的面子？我的？那大可不必顧慮，媽媽的面子不掛在女兒的身上。

「只要你自己想好就好，我們只是給你一個機會試試。既然努力試過，就沒什麼遺憾的。」

　　「我不是讀書的料，我非常感謝爸媽花了這麼多錢讓我出來，回去後，我會立刻找個工作，您不用擔心。」你語帶哽咽地說。

　　我們從來不認為讀書是唯一的路，找一份工作賺錢也不是壞事，但是，怕太熱心附和，會造成你的心理負擔，我沒有在這件事上搭腔。一個月後，你拖著增添好幾倍的行李回到台北。夜晚十一點才放下大包小包行李，你急急上網尋找機會；十二點，你告訴我們明天將去應徵工作；次日，由你爸爸陪同去面談，你得到了平生第一份工作——祕書，真的履踐了「立刻」找工作的諾言。任職的公司從事的是移民仲介，你到美國學得的英文尚未派上用場，先就癱在郵寄大批資料。在職的兩星期間，正值盛夏，你常常汗流浹背，小跑步回家尋求父親的援助，體弱易喘的你，紅通通著一張臉，請爸爸用摩托車載運，一人工作，兩人投入，兩個星期下來，人仰馬翻，加上英文仍是困難重重，你才知道進入社會並非易事。於是，輾轉歷盡辛苦，終於還是決定重返校園。

　　進入外文系就讀，是你人生的另一個轉捩點。仰仗著這些年在海外培養出的勇於討論的習慣，你大膽地發言，勇敢地表達，參加話劇公演、英語演講，意外得到許多的獎勵，一個自小學開始便慘澹得無以復加的求學生涯，好似開始逢凶化吉，呈現了嶄新的希望。大二結束那年夏天，你從學校飛奔而至，興奮地用著顫抖的聲音告訴我們：

　　「你們一定不相信，我今年學業成績是全班的第二名，可以拿八千塊的獎學金。媽！我不行了！我高興得快瘋掉了！」

　　當時，我坐在客廳的沙發上，望著盤坐在另一邊的爸爸，兩個人的眼眶，霎時都紅了起來。天可憐見！我可憐的女兒，從國小起，就在課業上不停地受挫，小學時，成績永遠跨不過四十五名的關卡，在我們愁眉不展時，還振振有辭地辯稱：「我至少還贏過兩位同學哪！」

　　這樣的你，一直視讀書為畏途，永遠尋不到學習的快樂，我們總是陪著你傷心，安慰你：「下回我們努力向

四十四名邁進！」中學的畢業典禮上，疼愛你的幾位老師深知你的課業成績不理想，不約而同安慰我：「這麼可愛的孩子，不用擔心！條條大路通羅馬啦。」當年我苦笑以對，心中惶惶然，不知屬於你的羅馬在哪裡。沒料到就在這不提防的午後，竟被告知一直被認定有學習障礙的你，居然在大學裡拿了獎學金！

前塵往事像倒捲的影片，一幕幕在腦中飛過，閃閃爍爍：

小二時，你被診斷出罹患嚴重的弱視，一紙診斷證書，解開了你既不愛看書也不愛看電視的謎團。於是，我們每星期定期迢迢從中壢開車北上，到台北長庚做弱視畫圖治療，足足半年，終於將「戴上最深的眼鏡都看不到〇·五的視力」提升到一·〇；接著，發現你手眼不協調，對兒童來說易如反掌的跳繩動作，你在爸爸鍥而不捨地教導、陪伴下，足足練習了幾十天才成功。騎三輪腳踏車也老往同一個方向偏去，有好長一段時間，你那位苦心孤詣的爸爸，咬緊牙關，在中正紀念堂裡扶著你和兩輪腳

踏車，跌倒了又爬起，練習了又練習，那樣的身影，任誰看了都會鼻酸不已。而你終於學會騎腳踏車的那日，父親老淚縱橫，仰天笑說：「誰敢說我的女兒不行！」撩起褲管，才發現爸爸雙腿內側挫傷得血跡斑斑。

　　醫生說你的感覺統合能力不佳，必須加強運動，以促進前庭的發展。母女倆乖乖地日日早起，利用東門國小的運動器材，勤練從滑梯高處趴臥滑板衝下的運動，直到精疲力盡，汗如雨下。我蹲下身子，對著十歲不到的你說：「人一能之己百之，人十能之己千之。」乖巧的你，不知聽懂了沒，卻總是聽話地一次又一次地重複練習，從不討饒放棄。接踵而來的是氣喘的折磨，小小的感冒往往能讓你暈得天旋地轉、喘得求生不能……從小到大，大病、小病不斷，你練就了不怨天、不尤人的堅強，病魔來襲時，最心痛聽到你形容病情並安慰我：

　　「屋子怎麼老向一邊傾斜了過去？媽媽的臉一圈又一圈的往遠處跑去。……不過，媽媽不用擔心，趕快去睡吧！我保證很快會好起來的。」

　　這樣孱弱[2]多病的孩子，做父母的怎忍心在課業上再做求全！我們最大的希望，就是無病無災、平安快樂。所以，雖然偶然也會為將來可能無法在職場上和別人一爭短長而擔心，但想到你一向的貼心乖巧，總又安慰自己：「老天豈會絕人之路！」祂在這兒關了一扇窗，一定會在另外的某個地方開另一扇，而窗子開在哪兒，就等有耐心的人去細細尋索了。

　　仔細回想，赴笈[3]海外的兩年多，看似鎩羽而歸、前功盡棄，其實不然。除了仰仗著長期在英語世界的濡染，你考上了外文系外；在海外凡事自己來的獨立精神的培養，使你開始思考將來要過怎樣的人生。你有計畫地在暑期參加各項進修，陸續學會騎摩托車、開車，受訓拿到英語教學種子老師的執照、學會錄影帶的剪接技巧，加上在高職學習到的資訊處理，你迥異昔日傻呵呵的女兒，已經具備了不錯的應世能力。前些天，你在和導師的聚會裡，跟老師討教大學畢業後的繼續深造問題，你說：

2　孱弱：音ㄔㄢˊ ㄖㄨㄛˋ，瘦小虛弱。
3　赴笈：音ㄈㄨˋ ㄐㄧˊ，背著書箱。比喻出外求學。

「我想跟媽媽一樣，在大學裡教書。」

雖然事情並不容易，我卻為你的志氣感到驕傲。說實話，我們簡直不敢相信，眼前的女子就是當年在學校時永遠衝不破全班倒數第三名難關的孩子！如果今天你能，有什麼樣的孩子應該被放棄！我常和你戲稱：「如果你真的闖出了屬於自己的一片天，那我的教養理論便得到正面的實證與肯定，媽媽有關親子教養的演講將因之水漲船高！重要的是，你過得快樂嗎？」

你忙不迭地回說：「回來真好！在父母身邊，真的感到非常幸福哪。」

你回國後兩年，我們全家人有機會到美國重遊舊地。艷陽天，你神情亢奮，在租來的車子裡，指著窗外，一一介紹你當時的生活，我才知道你經歷的是怎樣的寂寞！

「那是我常去的百貨公司，星期假日，不知道要做什麼，一個人只好去逛逛。你看到的我帶回去的許多廉價打折貨，就是在那裡買的。」

　　我的眼眶驀地紅了起來！回想你攜回台灣的行李數倍於當年帶出國，整理時，我訝異地發現許多東西竟成打地出現。眉筆、壁燈、髮箍、小刷子、眼影……我邊整理，邊感嘆你不知民生疾苦。你囁嚅[4]地回說：「成打地買，較划算，我逛街時遇到大折扣，不買可惜，都是便宜貨。」一樣一樣的小東西，在在見證著你浪遊無根的寂寥，而我不察，竟不時興奮地向你報導假日時如何和爸爸的畫友們出外冶遊[5]。

　　「那是我常去的公園，常常有老人在那兒曬太陽，星期假日無聊，我有時候就到那兒和他們一起曬太陽。」

　　天很藍，太陽在樹梢上閃著耀眼的光，聽著、聽著，我的淚靜靜順著雙頰流下。不善人際的女兒，在語言熟練的家鄉就曾經飽嘗交友的困難，更何況在人生地不熟的異邦。念書之外的漫漫時光，她和佝僂[6]的老人一起在公園裡曬太陽、想家鄉。

4　囁嚅：音ㄋㄧㄝˋ、ㄖㄨˊ，有話想說又不敢說，吞吞吐吐的樣子。

5　冶遊：此指「盡情遊樂」的意思。

6　佝僂：ㄎㄡˋ ㄌㄡˊ，駝背

　　你堅持帶我們去你當年常去打牙祭的一家日本拉麵店，你指著靠窗的位置告訴我：

　　「這是我常坐的位置。拉麵還附送炒飯或煎餃，想家的時候，我就來這兒叫一碗拉麵，靠著附送的蛋炒飯平息想念媽媽的心，這兒的waiters都對我很好哪。」

　　我一口麵也嚥不下，摩娑[7]著你坐過的桌椅，向店裡中氣十足的喊著「歡迎光臨」的年輕侍者們深深一鞠躬，感謝他們在異地為你提供讓人安心的溫暖。那回，從美國回來後，我才被我當年的孟浪[8]、大膽所驚嚇。斗膽將一個不諳[9]世事的弱質女兒送到千里之外的地方，幸而無災無難地回返，若是其間你發生了任何的意外，我將要如何的引咎、自責且悲痛萬分！幸而平安地回來了，真好！雖說暫時的離巢，成就了一位獨立自主的女兒，但是，從我們一起重遊舊地歸來的那日起，我忽然開始罹患強烈的相思病，你已然回到身邊，卻才是思念的開始。你一定覺得奇怪，媽媽忽然變得格外纏綿[10]，珍惜和你在一起的每一分

7　摩娑：音ㄇㄛ／　ㄙㄨㄛ，用手觸摸。

8　孟浪：魯莽、輕率。

9　不諳：不熟悉；不清楚。諳，音ㄢ。

10　纏綿：形容感情深厚。

鐘。啊！做媽媽的心情是複雜得理不清的，我是在設法將那分離兩地的九百多個日子——重尋回來，而且，無論如何再也不肯鬆手讓你獨自展翅高飛。

今後，不管晴天或下雨，要找屬於你的羅馬，爸媽陪你一塊兒去。

賞析

父母愛兒女發自天性，古今中外皆然，現代社會由於競爭壓力大，男女分工不明顯，許多母親成為職業婦女，為人父母者因為工作關係，較少時間陪孩子；又受西方民主自由思想的洗禮，強調讓兒女及早獨立自主，有些父母以為花錢將青少年送出國外讀書，就算是盡了父母的職責，殊不知親子間情感須要長時間的培養，由於青少年心智尚未成熟，加上文化上的差異，產生許多適應不良的問題，在缺乏父母家人關懷照顧下，很容易造成價值觀以及行為偏差，或成為校園被排擠、霸凌對象，或走向吸毒、犯罪，類似案例所在多有。如何建立良好的親子互動關係，讓家庭和諧幸福，成為現代人重要課題。

本文選自廖玉蕙《大食人間煙火》一書的第二篇，作品從母親的角度出發，寫出女兒克服學習障礙，找到一條屬於自己的道路的蛻變過程，親子之間的母女情深，很值得今人借鏡，文章從女兒在高中畢業後，因聯考受挫，獨立隻身前往美國依親求學寫起，身為母親的作者不捨她到異國受苦，卻也找不出其他辦法，在與先生商量後決定送孩子出國念書，在每一次的例行電話問候，只聽到電話那頭傳來學業成績每況愈下的消息，知道女兒猶與功課作困獸之鬥，父母雖不忍心，卻也不想抹殺給孩子的機會。過了兩年多，已

經盡力的女兒，終究敵不過課業壓力的現實，從電話那頭哽咽著說出想回家的念頭，女兒因害怕讓父母親丟臉，矛盾的心情因難過而傷心落淚，此時作為父母親的人，給她鼓勵安慰，隨時張開雙手迎接歸來。女兒承諾回國後馬上找工作，一個多月後，女兒返歸家門。並馬上著手找工作，以實現承諾，在工作兩星期後，體會到職場生存的不容易，因此插考大學成為外文系學生，由於有了國外求學的經驗，培養了勇於發言的獨立個性，並積極參各項活動，在大二結束時，成績列名全班第二，拿到獎學金，使得父母意外之驚喜。

接著作者回憶女兒小學，中學、高職一路受挫的求學歷程，因為自小種種病痛，視覺障礙，在父母不辭勞累的求醫治療下，終於改善視力；又是學習障礙、又是感覺統合失調，父母不放棄，女兒肯學習，一一克服病痛，即使考大學失利，在外國求學獨自忍受挫折，孤寂，直到回國重新大學生活，造就了她不畏失敗，勇敢戰勝自己的信心。

作者最後深情的寫到家人陪女兒旅遊美國，重溫求學舊地的場景，體會女兒隻身在外，孤寂思鄉的情愁，悔恨自責的不該忍心的讓她離開。生動的寫出母女間親情纏綿，讀之倍覺深情感人。

天下沒有不疼愛子女的父母，社會上許多為人父母者，總是計慮深遠的保護子女，擔憂子女資質能力不足，禁不起外在環境的考驗，當子女學習獨立自主時，往往對子女沒有信心，既捨不得也不願放手，如此，反而使子女失去學習獨立的自信，為人母者必須學習與子女一起成長，學習懂得該放手的時候就放手，作為父母最重要的就是陪伴，而不是替她生活，在她徬徨無助時，指引一條路，讓她自己走，偶有走偏時，適時扶持回來；陪伴她，找出一條屬於自己的羅馬。

問題與討論

1. 你對「門當戶對」的婚姻有何看法？

2. 孝是家庭教育的核心，身為現代學生的我要如何盡孝道？

3. 婚姻是終身大事，而面對交往對象，自己很喜歡，但卻到不到父母祝福，你會怎麼做？

4. 琦君母親的「無字天書」藏著什麼深意？

5. 同學第一次遠離父母親人，到外地求學時，你是否體會父母親那種送走子女難捨的心情？

延伸閱讀

1. 《史記・蘇秦列傳》　司馬遷

2. 《顏氏家訓》二則　顏之推

3. 〈背影〉　朱自清

新文京開發出版股份有限公司

NEW WCDP

新世紀‧新視野‧新文京 — 精選教科書‧考試用書‧專業參考書